오래 다져온 사랑과 그리움으로 바칩니다.

마종기

당신을 부르며 살았다

당신을 부르며 살았다

지은이_마종기 | 1판 1쇄 발행_2010년 5월 11일 | 1판 9쇄 발행_2022년 4월 10일 | 발행처_김영사 | 발행인_고세규 | 주소_경기도 파주시 문발로 197(문발동) 우편번호 10881 | 등록_1979년 5월 17일(제406-2003-036호) | 주문 및 문의 전화_031)955-3100, 팩스_031)955-3111 | 편집부 전화_02)3668-3292, 팩스_02)745-4827 | 전자우편_literature @ gimmyoung.com | ⓒ 2010, 마종기, 이 책의 저작권은 저자에게 있습니다. 저자와 출판사의 허락 없이 내용의 일부를 인용하거나 발췌하는 것을 금합니다. | ISBN 978-89-94343-03-7 03810 | 책값은 뒤표지에 있습니다.

마종기 시작詩作 에세이

당신을 부르며 살았다

비채

내가 낳지도 않고, 평생의 절반도 살지 않은,
그러나 언제나 내 삶의 중심에서 나를 지탱해준 조국,
세상의 모든 비바람을 피해 늘 의지해온 내 조국에게
오래 다져온 사랑과 그리움으로 이 책을 삼가 바칩니다.

문단 등단 50년을 지나며 졸시 50편을 골라 그 시에 관련된 이야기
나 분위기에 대한 글을 적어 한 권의 책으로 엮게 되었다. 이 책은 시
에 대한 분석이나 해석이나 이론이 아니다. 단지 그 시를 썼던 당시
의 내 생각과 주변 상황, 그리고 거기에서 유발된 문학적 상상력 같
은 것을 평이하게 설명하려고 했다. 시는 애초부터 내게 사랑의 대상
이었지 분석과 해석을 요구하는 수수께끼가 아니었다.

오랜만에 오래전에 쓴 시들을 다시 읽으며, 생각보다 시들이 무겁
다는 것을 깨달았다. 많은 시에서 왠지 안쓰러운 느낌까지 받았다.
그리고 이유를 알 수 없는 얇은 슬픔 같은 것이 안개처럼 나를 감싸
는 것을 느꼈다. 어째서 슬픔일까. 내가 슬프게 살아왔다는 표지標識
일까? 왜 안쓰러운 느낌일까. 그 긴 세월 내가 시를 안 썼으면 아직까

지 살아남지 못했을 것이라는, 살아남기 위해 시로 버둥거렸다는 표지일까? 시는 가벼워야 하고 삶은 여유로워야 한다던데, 그렇다면 내 시와 삶은 어둡고 칙칙하게만 이어졌다는 것일까?

50편의 시를 선택하기 위해, 우선 내가 좋아하던 시들을 몇 편 뽑았고, 주위 분들이 좋다고 해준 몇 편의 시를 더했다. 그러나 그런 시들을 다 보태어도 30편이 넘지 못했다. 그래서 시집을 들추어가며 하고 싶은 뒷이야기가 있을 것 같은 시를 골랐다. 그리고 기왕이면 내가 추천 받겠다고 푸석거리던 1950년대 말부터 최근 시집을 출간한 2006년 중반까지 쓴 것들이 고루 섞이도록 고르려고 했다.

이렇게 고른 시에 대한 글을 쓰면서 흐려진 기억력을 되살리기 힘들고 글이 잘 써지지 않을 때에는, 마음을 열고 목소리를 낮추어 이 책을 읽어주실 분들과 허심탄회하게 이야기를 나누자는 생각으로 글을 이었다. 그리고 누구 앞에서도 목에 힘을 주거나 설교하거나 설득하려하지 않으려고 했다. 어차피 나는 그 누구도 아닌, 외로웠던 나 자신을 위해 시를 썼을 뿐이니 지금 와서 갑작스레 목소리를 높일 이유가 없다고 생각했다. 거기에 한 가지 더 신경 쓴 것이 있다면, 자기 연민적인 설명이나 변명을 하지 않으려고 했다. 부실하지만 내 진심의 모두를 내보이면 세상의 누군가는 나에게 동의해줄 수도 있다고 믿자, 그렇게 생각했다. 사실 내가 내 생을 통틀어 시 쓸 용기를 얻은 것도 그 믿음 하나가 아니었던가. 그리고 이제는 한 치의 후회도 부끄러움도 없이 내 시를 끌어안고 끝장까지 가려는 것이다.

　나는 내 시가 한국의 문학사에 남기보다는 내 시를 읽어준 그 사람의 가슴에 남아주기를 바란다. 그래서 선사시대의 거대한 공룡같이, 그 공룡이 어느 바위에 남겼다는 발자국같이, 거창할 뿐인 흔적으로는 남지 말아주기를 바란다. 그보다는 이왕이면 고국의 어느 저녁, 항구에서 노을을 보고 있던 한 소년의 찬란한 놀라움과 경외심에 찬 눈동자에 남았다가 그날 밤 소년의 꿈속에서 깨끗한 아름다움을 잠시 빛내고 사라져주기를 바란다. (아, 그 가난하던 소년은 혹시 나였던가?)

　아무리 볼품없는 시일지라도 외국에서 평생의 대부분을 살고, 외국어를 일상어로 쓰면서 모국어로 수백 편의 시를 써왔다면, 그 인간의 가슴 어느 곳에 몇 개의 상처가 없을 수 없을 것이다. 그 몸의 어딘가에 눈물의 흔적이 없을 수 없을 것이다. 밤잠을 설치면서 허둥댄 흔적이 없을 수 없을 것이다.

　그러나 그 모든 것은 내 탓일 뿐 그 누구의 잘못도 아니지 않은가. 그런 와중에 나는 오늘도 다시 자리를 박차고 일어나 늦은 나이의 하룻밤을 지새우며 볼품없는 시 한 편을 쓰고 지우고 쓰고 지운다. 가족도, 이웃도, 그 아무도 관심을 보이지 않는 외국의 하루, 혼자 목소리를 낮추어 새로 만들어본 시 한 줄을 가만히 읽어보고, 내가 좋아하는 한국 시인의 시도 정성껏 읽어본다. 그리고 그 시에서 우러나오는 빛나고 뿌리 깊은 기쁨을 혼자 은밀히 즐긴다. 그런 기쁨 역시 아무의 것도 아닌 바로 나 혼자의 것, 그래서 나 혼자의 승리라는 것을 느끼며 나는 오늘도 그 뿌듯한 마음을 즐긴다.

2010년 4월, 미국 플로리다에서

마종기

차례

작가의 말 • 6

1
해부학 교실

2
당신 사랑은 남는다

3
꽃이 피는 이유를

4
그래서 나는 강이 되었다

5
귀에 익은 침묵

6
누구도 걸어보지 않은 길로

1
해부학 교실

정신과 병동

비 오는 가을 오후에
정신과 병동은 서 있다.
지금은 봄이지요. 봄 다음엔 겨울이 오고 다음엔 도둑놈이 옵니다.
몇 살이냐고요? 오백두 살입니다. 내 색시는 스물한 명이지요.

고시를 공부하다 지쳐버린
튼튼한 이 청년은 서 있다.
죽어가는 나무가 웃는다.
글쎄, 바그너의 작풍이 문제라니 내가 웃고 말밖에 없죠.
안 그렇습니까?

정신과 병동은 구석마다
원시의 이끼가 자란다.
나르시스의 수면이
비에 젖어 반짝인다.

이제 모두들 제자리에 돌아왔습니다.

추상을 하다, 추상을 하다
추상이 되어버린 미술 학도,
온종일 백지만 보면서도
지겹지 않고, —
가운 입은 삐에로는
비 오는 것만 쓸쓸하다.

이제 모두들 깨어났습니다.

이 시는 1963년에 발표한 것이다. 그러니까 내가 긴 터널같이 느꼈던 의과대학을 졸업한 해가 된다. 딴 시들과는 다르게 발표한 해를 정확하게 기억하는 이유는 이제는 돌아가신, 내가 제일 존경하던 시인 김수영 선배 덕분이다. 오래전 이분이 〈1963년의 시단 총평〉이란 긴 글을 신문인지 잡지에 발표하셨는데 그 글이 시인이 돌아가신 후에 발간된 시인의 전집에 들어 있었고, 나는 우연히 그분의 전집을 읽다가 알게 되었다. 김수영 시인은 그 긴 글에서 1963년에 발표된 시 중에서 잘 써진 10여 편의 시들에 대해 한 편 한 편 논평을 하셨다. 그리고 그 글의 맨 끝에 내 시 〈정신과 병동〉을 전문 게재하고 그해 최고의 시라고 극찬을 해주셨던 것이다. 이 시는 이분의 글에서 말고도 여러 곳에서 상당한 주목을 받았는데, 아마도 시의 내용이 주는 자극적인 인상과 제목이 주는 신선한 감각 때문이 아닌가 싶다.

이 시에 나오는 두 사람의 정신분열증 환자는 내가 의대 3학년 정신과 실습 중 직접 만나서 이야기를 나누고 거기에 대한 환자 분석 소견을 써냈던 환자다. 물론 이 시에 나오는 대화도 거의 대부분 환자들의 말을 그대로 적은 것이었다. 그리고 시에서 보이듯, 나는 그 환자들이 정말 정신병 환자인지 아닌지 정확히 판단하지 못하는 모습이었다. 나는 지금도 처음으로 만났던 이 두 환자의 인상을 뚜렷이 기억하고 있다. 한 환자는 좋은 대학을 졸업했고 여자 환자는 대학교 재학생으로, 두 사람 다 자의식이 무척이나 강했다.

이제 우스운 이야기가 되어버리기는 했지만, 내가 그 당시 초년병 시인인 것을 알고 계셨던 정신과 과장님을 비롯한 여러 선배 의사와 다른 주위 분들은 내가 의대를 졸업하면 정신과 전문의 수련을 받고 정신과 의사가 되는 것이 제격이라고 하셨다. 나 역시 프로이트나 융의 정신분석학에 흥미를 가지고 있었기 때문에 아마도 이것이 내 길이겠거니 하는 생각도 어렴풋이 하고 있었다. 그러나 그 몇 달 동안 정신과 병동에서 학생 의사로 여러 종류의 정신병 환자들을 만나면서, 정신과 의사의 길을 포기하고 말았다. 환자들을 만나 이야기를 나누면 나는 우선 그들과의 흥미로운 대화를 되새김질하느라 자주 밤잠을 설쳤다. 환자들의 말에 혼동되기 일쑤였고, 객관적인 입장에 서지 못한 채 그들이 왜 환자인지조차 알 수가 없었다. 완전히 정신병에 대한 판단의 기준이 서지 않았다. 나는 천천히 정상적인 생활에서 이탈되기 시작했다. 그런 시간이 길어지는 느낌을 받으면서 나는 큰 결심이나 하듯 정신과 의사가 되려던 화려한 계획을 완전히 포기하게 되었다.

이제 와서 다시 생각해보아도 정신과 의사는 나같이 심약한 사람에게는 마땅한 전공이 아닌 것 같지만, 작금에 흔하게 논의되는 정신의학과 문학의 상관관계에 대한 책을 읽다가 보면 의대생 시절, 꿈속에까지 나타나던 그 환자들이 문득 생각나기도 한다.

해부학 교실 2

참, 저애 좀 봐라.
꼬옥 눈감고 웃고 있는
흰 꽃으로 가슴 싼 저애 좀 봐라.

여기가 무덤이 아닐 바에야
우리는 소리 없이 울지도 못하는데

한세상 가자고 하다
끝내는 모두 지쳐버린 곳.

네 살결이 표백되어
천장의 흰 바탕 보아라.

너를 얼리던 소년은
하나씩 외로운 척 흩어져가고
수줍어 눈 못 뜨는 소녀야, 말해봐라.

전에는 종일 산을 싸돌고,
꽃 따먹고, 색깔 있는 침을 뱉어

저 냄새, 내리는 햇살 냄새에
너는 웃기만 했지.

우리는 두 손
숨을 멈춘다.

참, 저애 좀 봐라.
그래도 볼우물 웃고
우리들 차가운 손바닥 위에
헤어지는 아늑함을 가르쳐주려는
저애, 꽃순 같은 마음 소리 들어보아라.

이 시는 내가 의과대학 본과 2학년 때 써서 발표한 것이다. 첫 번째의 〈해부학 교실〉이란 시는 본과 1학년 때 《현대문학》에 실린 내 등단 마지막 추천 작품이었고, 이 시는 1년간의 해부학 공부를 무사히 마치고 2학년이 된 후의 것이라 약간의 여유로움이 보인다.

여기에 등장하는 소녀의 시체는 우리가 해부학 실습용으로 쓴 두 번째 시체였다. 그 당시 내가 다닌 의과대학에는 시체가 많아서였는지 딴 대학에서는 학생 열 명당 1년에 한 구의 시체가 배당되는 것과는 다르게 1년 동안 세 명의 학생에게 두 구의 시체가 배당되었다. 세 학생으로 이루어진 그룹은 시체의 같은 곳을 함께 절개·해부하고 공부해야 했는데, 내가 속한 그룹의 두 명 모두 열심히 공부하는 꼼꼼한 여학생들이었던 관계로, 나는 늘 쫓기듯 실습에 참가했다. 게다가 걸핏하면 실시하던 해부학 실습시험에서 낙제점수를 받는다는 것은 곧 1년 낙제를 보장받는 것과 같았기 때문에, 30여 구의 시체가 지독한 냄새를 풍기며 흐린 전등불 밑에서 음침함의 절정을 만들어내는 해부학 교실에서 일주일에 하루는 밤샘을 해야 했다. 나는 이렇게 냄새나고 침울한 분위기의 해부학 교실을 지겹게 싫어하면서도 인간의 내밀한 구조를 경이에 차서 배웠다. 그리고 책으로만 배우는 학문보다 눈으로 확인하고 맨손으로 만지고 찢고 들추면서 배우는 학문에 자부심을 가지게 되었다. 그러면서 이런 훌륭한 학문이 늘 고답적이고 우울한 표정을 지어야만 하는 것에 불만이었다. 이 시는 그런 것에 대한 반동의 소산이라고 할 수가 있겠다. 나는 되도록 따뜻하고 동화적이고 목가적인 분위기로 해부학 교실의 어둠을 밝게 덧칠하려 했다.

여기서 내가 언젠가 정리해야 할 일을 말해두고 싶다. 언젠가는 밝혀져야 할 일인데, 유야무야하다가 아직까지 미루어진 내 문단 등단 시기에 대한 것이다.

나는 월간 《현대문학》에 박두진 시인의 추천으로 1958년에 시작해 1960년 2월 호까지 세 번의 추천을 끝냄으로써 문단에 등단했다. 당시 2월 호는 1960년 1월 10일에 출간되었는데, 내가 소식을 듣고 추천 완료 소감을 쓰라고 현대문학사로부터 청탁을 받은 것은 1959년 10월이었다. 11월 14일에는 박두진 선생님과 의대 교수님 몇 분을 모시고, 다른 대학에 다니던 내 친구들과 의과대학 학생회장단과 또 많은 친구들의 주최로, 종로에 있던 큰 중식당에서 내가 시인이 된 것을 축하하는 큼직한 파티를 열었다. 이 모임 중에 나는 의대학생회로부터 자개 화병을 선물 받았다. 거기에는 "시인이 되었음을 축하함 1959년 11월 14일"이라는 금박의 글씨가 적혀 있고, "연세의대 학도호국단 드림"이라는 글자도 있다. 물론 나는 이 자개 화병을 아직도 내 방에 잘 간직하고 있다. 이 자개 화병에 쓰인 날짜 때문에 등단 축하파티의 날짜를 지금도 정확히 기억하고 있는 것이다. 그러나 내 시는 박두진 시인으로부터 들은 1959년 12월 호에 게재되지 않고 무슨 이유에선지 두 달이나 밀려서 발표가 되었다.

1960년대 초 어느 해던가, 신동문 시인이 주동이 되어 처음으로 '한국현대문학전집'이 신구문화사라는 출판사를 통해 호화 양장으로 출간되었다. 십수 권의 소설과 한 권의 시집으로 묶인 책이었다. 전후의 열악한 경제 여건 때문이었는지, 한국이라는 나라가 선 이래로 처음 출간된 현대문학작품 시리즈의 출간이었다. 이는 문화계는 물론 전국적인 인기와 주목을 끌었고 한동안은 문단의 유일한 참고문헌 역할까지 했다. 그중에서 한 권으로 엮은 시집에는 최남선의 시부터 1950년대 말까지의 시들이 망라되어 있다. 그런데 그 맨 마지막에 내 시가 들어 있었다. 내 시가 어떤 경로로 1950년대의 맨 마지막을 장식하게 되었는지는 아직도 잘 모르겠지만, 그 당시 유일한 참고서적 역할을 했던 이 책 덕분에 내가 추천을 마치고 시인으로 선 것을 1959년으로 표기하는 잡지들이 대부분이었고, 아마도 그것이 그대로 아직까지 이어져 온 것이 아닐까 한다. 내 입장에서야 아무래도 괜찮기는 하지만, 잡지사의 갑작스런 사정으로 내 시가 1950년대에서 60년대로 미루어진 것이 사실 좀 섭섭하기도 했다. 그래도 잡지사의 판단에 별 상관 하지 않았고, 아무려면 어떠냐 하는 심정으로 아직까지 지내오고 있다.

연가 4

네가 어느 날 갑자기
젊은 들꽃이 되어
이 바다 앞에 서면

나는 긴 열병 끝에 온
어지러움을 일으켜
여행을 시작할 것이다.

망각의 해변에
몸을 열어 눕히고
행복한 우리 누이여.

쓸려간 인파는
아직도 외면하고

사랑은 이렇게
작은 것이었구나.

이 시는 내가 의대 졸업반 때 쓴 시이다. 나는 문단 등단 이후부터 고국을 떠나야 했던 1966년까지 열 편이 넘는 '연가'라는 제목의 시를 썼다. 사귀던 여자 친구가 없었던 것은 아니지만 시의 대상은 꼭 그런 연인이라기보다 내가 아끼고 사랑하던 사람들이었다.

그중에서도 이 시에서의 대상은 이화대학 1학년 학생으로 깜짝 결혼을 했던 내 누이동생이다. 누이동생은 착하고 똑똑하고 예뻤다. 거기다가 어머니를 닮은 탓인지 무용연구소에 다니며 심심찮게 무대 공연도 했고 키도 크고 스타일도 좋았다. 내 눈에는 별로인 누이동생을 나와 내 남동생의 친구들은 사귀게 해달라고 눈치를 보내기도 했고, 어떤 친구는 꽤나 귀찮게 굴기도 했다. 한번은 이화여고 졸업사진첩을 보고 상당히 유명한 영화감독이 찾아와 영화에 출연시키지 않겠냐고 아버지를 조르기도 했다.

이 누이동생이 대학교 1학년일 때 갑자기 완강하게 결혼을 하겠다고 나섰다. 부모님은 우선 나이 때문에 극력 반대를 하셨고, 우리를 아는 사람들은 모두 한결같이 반대했다. 그 와중에 울면서 자기를 도와달라는 누이동생이 불쌍해서 나는 우리 집안에서 유일하게 누이동생 편이 되어주었다. 그렇게 큰 북새통을 일으키고, 결국 누이동생은 결혼을 했고 아기를 낳았다. 외출도 함부로 허락되지 않는 외동아들의 아내가 되어 엄청 큰 고생을 한다는 말을 소문으로만 들으면서 나는 그 누이동생을 위해 이 시를 썼다. 이 시의 어디에선가 슬픔의 냄새가 나는지 소설가 최인호 선생은 그의 첫 장편소설 《별들의 고향》에서 슬픈 사연의 시작 부분에 이 시의 전편을 실었다. 아마도 소설가가 살아 있는 시인의 시 전편을 그의 작품에 실은 것은 이것이 처음이 아닐까 싶다.

결국 정상적이고 절제된 생활을 못 견뎌하던 남편에게 혼쭐이 난 누이동생은 아기를 몇 낳은 후 이혼의 아픔을 겪게 되었고 외국에서 혼자 그 아이들을 키웠다. 엄청난 고생을 하며 자신의 업보인 양 미국서 대학을 마치고 대학원에서는 사회사업을 공부하더니 마침 같은 도시에 사는, 상처한 유능한 공학도 출신을 소개받아 결혼도 하였다. 그리고 자기같이 외톨박이가 된 홀어머니들을 위해 수십 년째 봉사활동을 계속하며 열심히 살고 있다. 부부 사이가 좋고 교회에 열심이고 주위에 좋은 친구도 많고, 이제는 모두 결혼해 분가한 자식들은 물론 의붓자식들과도 아주 좋은 관계를 유지하며 살아서, 주위 사람들이 모두 칭찬해 마지않는다. 거기다가 그 바쁜 생활 중에 자기가 해야 할 일이라며 연로하신 우리들의 어머니를 극진히 모시는 것을 보면 비록 누이동생이지만 자주 머리가 숙여진다. 그러나 어릴 때부터 내가 아껴준 누이동생에게 한 가지 불만이 있다. 샤갈이니 마티스니 하며 인상파 이후의 그림을 무척 좋아하고 쇼팽이나 라벨의 음악을 즐겨 듣고 나와 문학에 대한 이야기 나누기를 즐기던 성격이 어려웠던 생활 때문에 어디론가 숨어버린 것이다. 모진 세월 혼자 쓰러지지 않고 바르게 살아오느라 힘들었던 것인지, 여리고 나긋나긋하던 예술가적인 모습은 이제 잘 보이지 않는다. 그 대신 동생은 자신의 쓰라린 경험을 바탕으로《이혼, 그리고 홀로서기》라는 책과 연이어《재혼, 그리고 함께 서기》라는 책을 출간했다. 그리고 아직도 그늘에서 힘들게 살고 있는 홀어머니들을 위해 적극적으로 나서서 여러 도시를 다니며 초청 강연도 하고 작은 모임도 가지

28

며 바쁘게 살고 있다.

　이 시를 다시 읽으면서 누이동생이 살아온 길을 겉핥기로 더듬으니, 인간의 삶이 참으로 천태만상이고 변화무쌍하다는 생각이 든다. 공주가 거지가 되고 가난한 이가 거부가 되는 것 말고도, 나약한 인간이 자기에게 닥쳐온 어려운 운명을 애써 이겨내기도 하고 그 앞에 쓰러지기도 한다. 착하고 바르게 살려고 평생 애써온 누이동생이 나는 무척이나 자랑스럽다.

연가 10

1

이렇게 어설픈 도시에서 하숙을 하는 밤에는 월트 디즈니의 만화 영화를 보자. 하숙이 허술해서 몽땅 도둑을 맞았으니 난로를 때는 이 극장이 격에 어울리지. 총천연색의 세상에서 나도 메뚜기가 되어보면, 밖에는 눈이 그칠 새 없이 내리고 혼자 보고 혼자 오는 발이 시리다.

2

도서관을 돌다가 무심결에 호흡기 내과 책 한 권을 뽑았더니, 겉장에는 알 케이 알렉산드리아의 사인이 있고 철필로 쓴 —보스톤, 매사추세츠, 1879년 8월 2일. 1879년 8월 2일은 날씨가 흐렸다. 흐려진 철필 글씨, 무덤 속에 있는 내과 의사 알렉산드리아 씨의 손자국을 유심히 본다. 1966년을 내 책에 기입하고 나도 훌륭한 내과 의사가 될 것이다.

3

현관이 있는 집을 가지면 소리 은은한 초인종을 달고, 지나가던 친구를 맞으려고 했었지. 파란 항공 엽서로는 편지를 쓰면서 겨울을 사랑하고, 테 없는 안경을 끼고 수염을 조금만 키운 뒤, 조용히 가라앉은 목소리로 헤세의 아우구스투스를 읽으려고 했었지. 이제 당신은 알고 말았군. 길어야 6개월의 대화만이 남은 것, 6개월의 사랑, 6개월의 세상, 6개월의 저녁을, 그리고 나에게 남은 6개월의 상심을, 6개월의 눈물을 알고 말았군.

젊은 날 나도 남들같이 '연가'를 썼다. 의과대학 학생시절부터 고국을 떠날 때까지 내 연가는 계속되었던 것 같다. 이 〈연가〉는 내가 수원에서 군의관 노릇을 하고 있을 때 쓴 것이다. 나는 의대를 졸업하고 곧 군의관이 되었고, 상당히 심한 훈련을 3개월 정도 받은 뒤 공군 중위로 임관하였다. 그리고 당시에는 영등포에 있던 공군본부와 공군사관학교에서 2년 이상 근무하였다. 그러다가 군인의 정치 관여에 관련된 죄로 감방에 있다가 풀려나고, 그 후 사관생도를 교육하기에는 부적절한 인물이라고 지목되어 지방의 기지 병원에서 군 복무의 마지막 몇 개월을 보냈다. 그때는 정신이 무척 혼란스럽던 시기였다. 제대를 하면 미국에 가야 할 터인데 어디로 가야 할지도 모르겠고 무슨 과를 전공해야 할지도 모르겠고, 부모님과 동생과는 적어도 5년 이상 헤어져 살아야 하는데 어떻게 살 수 있을지도 감감했다. 영어 실력도 의학 실력도 거기다 건강에도 자신이 없었다. 그렇게 허우적대는 내게 어머니는 떠나기 전에 약혼이라도 해야 한다고 또 채근하셨다.

그 겨울에는 눈도 많이 왔다. 외롭기도 하고 심난하기도 한 마음을 다스린다고 나는 혼자서 터벅터벅 논두렁길을 걸어 영화관에 자주 갔다. 추위를 던다고 한쪽 구석에 난로를 피우고 있던 그 스산한 영화관에서 나는 〈피노키오〉 같은 총천연색 만화영화나 〈쉘부르의 우산〉같이 화려한 외국영화를 보았다. 생각해보면 나는 그 당시 어둡게만 느껴지던 내 미래의 상상과 다르면 다를수록 더 그 영화에 풍덩 빠져 즐겼던 것 같다. 그러나 영화가 끝나고 화려한 천연색의 환상의 세계에서 떨어져 나와 혼자서 다시 눈을 맞으며 논두렁길을 걸어 하숙집에 돌아올때, 나는 깊은 외로움에 몸을 떨었던 기억이 있다.

무력증이라고 할지, 무감각이라고 할지, 갑작스러운 의욕상실에 걸린 것 같은 자신을 돌아보며 나는 천천히 겁이 나기 시작했다. 그래서 정신을 차려야 한다고 생각하고 독일어 공부를 시작했다. 좀 늦은 감이 있지만 서울대학교의 박사학위 시험을 치르기로 결정했던 것이다. 물론 주위 친구의 도움을 받았지만 어디서부터 시작해야 하는 공부인지도 알 수 없는 일이라, 하숙집에서 집어든 헤르만 헤세의 《아우구스투스》라는 긴 독일어 소설을 사전 펼쳐가며 읽기 시작했다. 그 책을 차근차근 읽어가면서 나는 그 아름답고 슬픈 이야기에 빠지기 시작했고 마음이 차츰 안정되어갔다. 나는 이제 6개월만 있으면 내 인생의 갈림길에 선다. 가보자. 어디가 끝인지 가보자. 세상살이는 어차피 내가 원하는 대로 꼭 되는 것도 아니지 않은가. 내가 어디로 끌려가는지 가볼 수밖에 없다.

참으로 우습게도 내가 안정이 되어간다는 것은 내 의지로 내 길을 개척하고 찾겠다는 것이 아닌, 타의에 의해 내 선택을 포기하면서 차츰 보이기 시작했다. 세상은 그렇게 내 20대를 지나쳐가고 있었다. 그리고 나는 우리 과에서 일곱 명의 응시자 중 유일하게 박사과정 시험에 합격하였고, 아무것도 모르시는 학과장 선생님과 아버지에게 큰 칭찬을 들었다.

증례證例 2

  내 옆집 부레이셔 할머니는 여름밤 등의자에 앉아 미국 이민사를 이야기해주었다. 뉴욕 시의 교육으로 아직 안경 속에 지혜가 있어도, 보이는 쓸쓸한 발음. 자식은 성공해 옆에 없고 혼자 사는 이층방에 빛나는 과거의 사진들.

  병원에서 위독을 알려도 그랬지. 색감 있는 카드와 항공편 꽃다발이 석양에 밝아도 방문객 없는 할머니— 당신은 외국 의사의 내 환자. 대국의 외로움이 내 눈에 보인다. 차가운 철판 부검대에서 머리를 자르고 얼굴 껍질을 벗기고 내장을 뜯어내어도 조용하게 입다문 당신의 외로움, 내 눈에 보인다.

  나는 모든 내 환자를 가장 깊이 안다. 병실의 어두운 고백을 듣고, 그 마지막 열망과 죽음이 오는 소리를 듣는다. 그래서 죽음이 천천히 혹은 돌연히 찾아왔을 때 나는 육신을 산산이 나누어 병인病因을 보고 마침내 텅텅 빈 복강의 허탈한 공간 속에 내 오랜 침묵을 넣고 문을 닫는다.

사람이여, 그리웁고 사랑스러운 사람이여. 망자의 사지에 힘주던 핏물로써 네 눈을 이제 기억할 수는 없다. 어느 날 우리의 복강에서도 이름 모를 산꽃이 피고 변형된 생애가 다시 푸릇푸릇 자라면, 그때서야 현세의 산란散難한 바람을 다스려 우리는 보리라. 산골짜기 냇물 속에서 만나리라, 사람이여.

서울서 의과대학을 졸업하고 학교에서 배운 실력으로 군의관 3년을 마치고 수련의 자격으로 미국에 왔다. 미국 중서부의 중소 도시의 병원에서 최저 생활권의 밑바닥 월급을 받으며 살아낸 인턴과 레지던트의 5년은 나를 훌륭한 의사로서 다시 태어나게 했다. 내가 살아낸 그 무지막지한 고통의 5년은 그 누구보다도 심한 수련을 받았다고 장담할 수 있을 정도로 격심한 것이었다. 첫 1년은 사흘에 한 번 밤샘을 견뎌야 했고 나머지 날에도 평균 12시간 이상의 격무에 시달렸다. 거기다가 감당하기 힘들 정도로 책임량이 많아서 죽어 있는 내 환자의 손목을 잡고 나도 모르게 피곤에 지쳐 잠이 들기도 했고, 한 아기를 받고 뒤돌아 소독장갑만 갈아 끼고 다음 아기를 받아내, 하루 밤새도록 여덟 명의 아기를 받아내기도 했다. 그 한 해에 나는 200여 명의 사망진단을 내렸다고 1967년에 쓴 〈통계학〉이라는 내 시가 말해주고 있다.

　　무료 환자나, 밤새하는 동안 내 사망 진단서를 받고 죽은 환자는 엄청 많았다. 그런 환자 가족에게는 내가 책임지고 그 환자의 부검을 권유하게 되는데, 어찌된 영문인지 그 당시 미국에서는 열 중 아홉 정도의 환자 가족이 의사의 권유를 따라 부검을 허락했다. 그러면 나는 하루 이틀 사이에 벌어지는 부검의 허드렛일을 도우면서 부검을 시행한 병리의사 옆에 간단한 소견서를 첨부해야 했다. 이 부검이란 것도 나에게는 큰 고통 중의 하나였다. 살아 있을 때 그 환자와 나누었던 이야기가 부검 중에 생각나기도 했고, 그럴 때면 삶과 죽음의 난간에 혼자 서

있는 듯 소름끼치게 외로워지기가 십상이었다.

나는 그 1960년대 말, 미국 생활 첫 5년간 10여 편의 〈증례〉라는 시를 썼다. 모두가 내 환자였고 대부분이 내가 부검에까지 들어간 경우였다. 나는 이렇게 내 시 속에서나마 몇몇의 환자를 오래 기억하고 싶었다. 그러면서 평생의 시의 목표가 천천히 그 모습을 드러내기 시작했다. 그것은 생명이었고, 사랑이었고, 희망이었고, 하느님이었고, 무조건적인 인간의 이해심과 베풂이었다. 나는 고상한 척하고 용기 있는 척하며 함부로 세상을 진단하는 사람들이 자꾸 불쌍해 보이기 시작했다. 나는 사람들의 착한 심성만이 세상의 최고 가치라고 믿기 시작했다. 피투성이 죽음도 우리의 따뜻한 심성을 죽일 수는 없으리라고 믿기 시작했다.

무용 1

― Pouline Koner 씨에게

나도 당신의 무용 같은
사랑을 한 적이 있었다.
하나의 동작이
깊이 가슴에 남아
그 무게로 고개를 숙여버리던
그때는 봄이던가, 가을이던가,
당신이 존경하는 화가의
그 무리한 표정으로
나도 층층대를 올라가
방문을 한 적이 있었다.
움직이지 않는 당신의 무용,
소리 없는 음악,
그래도 충만한 당신의 무용만큼
안부 없는 사랑을 한 적이 있었다.

내가 무용 공연을 좋아하는 배경에는 아마도 어머니의 영향이 클 것이다. 어머니는 젊은 날 당시의 유명한 무용가 최승희의 추천으로 마산여고를 졸업하고 일본에 유학을 가서 무용과 프랑스 문학을 전공했고, 정규 교육을 받은 한국 최초의 현대무용가가 되셨다. 그 후 일본의 무용학교 교수로 제자를 키우시고 일본 무대에 직접 나서서 많은 공연도 하셨다. 〈청포도〉나 〈광야〉 같은 시를 쓴 시인이자 독립운동가였던 이육사가 당시 어머니의 무용공연을 보고 조선의 잡지에 인터뷰 기사를 썼는데, 자신이 조선인임이 자랑스러웠을 정도로 인상적인 공연이었다며 조선 최고의 서양 무용가라는 찬사를 보내기도 했다. 그 글은 최근에 발간된 육사의 유고집에도 그대로 나온다. 결혼 후, 어머니는 아버지와의 약속을 지켜 무용을 완전히 포기하셨다. 그러다가 한국전쟁이 끝난 1950년대부터 대학에 출강하기 시작해 이화대학에 최초의 무용과를 창립하고 학과장으로 바쁜 생활을 하면서 학생 지도에 열심이셨다.

　　어머니의 무용에 대한 열정은 좀 별난 데가 있으셨다. 학생의 공연이 며칠 안 남았을 때에도 겉으로는 태평하신 것같이 딴전을 펴시다가, 갑자기 무용에 대한 영감이 떠오르면 시간과 장소를 불문하고 정신없이 무용에 열중하셨다. 아버지와 식구 모두가 함께 앉아 식사를 하다가도 갑자기 무용이 생각나시면 벌떡 일어나 여러 가지 포즈를 취하며 즉석 무용을 하셔서, 먹던 밥상을 걷어차시기도 하고 밥상을 아예 엎으신 적도 있었다. 그러나 그때마다 우리가 이상하게 생각한 것은 아버지의 태도였다. 아버지는 그 난리통에도 그냥 허허허 웃으시며 밥상을 뒤엎은 어머니를 전혀 나무라지 않으셨다.

그즈음에 미국의 유명한 현대무용가인 폴린 코너가 내한 공연을 하였는데, 그때까지만 해도 고도의 현대무용 공연을 접할 기회가 적었던 한국의 무용 애호가들의 반응이 대단했었다. 공연 후에는 며칠간 이화대학 무용과의 초청으로 학생들을 가르치는 마스터 클래스가 있었는데, 나도 한쪽 구석에 앉아 구경할 기회가 있었다. 이 시는 그의 무용 공연을 관람하고 실습을 훔쳐본 내 커다란 감격의 소산이다. 그 무용가가 그 당시 내가 굉장히 좋아했던 유대인 화가 마르크 샤갈에 대해 계속해서 이야기하면서 그를 여러 번 만났다고 한 말도 인상적으로 기억하고 있다. 어머니는 이때의 인연으로 2년 후 노스캐롤라이나 대학의 초청을 받았고, 그 대학의 무용과 학생들에게 한국 무용에 대한 강의를 하셨다. 나는 서툰 영어로 어머니의 통역을 했는데 한국 전통무용이 서양 무용의 움직임과 확연히 다른 것이 어깨의 놀림이라는 것도 그때에야 처음으로 알게 되었다.

쉽게 상상할 수 있겠지만, 어머니는 요리나 가사에는 별로 재주도 열성도 없으셨다. 하지만 그만큼 우리 자식들과 아버지께 평생 미안한 마음으로 사셨다. 그런 어머니께 내가 효도 비슷한 것을 했다면, 아버지가 돌아가신 후 매사에 의욕을 잃고 계신 어머니의 은퇴 기념 무용 공연을 도운 것이었다. 프로그램의 절반 정도에서 내가 어머니를 대신해 음악을 선곡하고 대본 비슷한 것을 만들어드린 것이다. 한 가지 특기할 만한 것은, 사랑의 듀엣 무용에서 음악을 완전히 없애고 처음부터 끝까지 김수영 시인의 '풀'이라는 시를 남녀가 천천히 세 번 낭독 하는 것으로 꾸민 일이다. 음악 없이 낭독으로 일관한 이 무용은 최초의 시도라는 찬사와 함께 국내 무용계에 상당한 반향을 일으켰고, 각 일간지들도 그 기묘한 조화를 극찬하며 아직까지도 한국 현대무용계의 인상적인 일화로 남아 있다.

그런 어머니가 이제 아흔이 넘으셔서 치매로 고생하고 계신다. 나는 여전히 불효자의 자리를 떠나지 못하고 내 누이동생만 매일 감탄할 정도로 열심히 어머니를 모시고 돌보고 있다.

증례證例 6

— 앤 선더스 아가에게

내가 한 아가의 아빠가 되기 전까지는 환자는 늙으나 어리나 환자였고, 내가 아빠가 되기 전까지는 나는 기계처럼 치료하고 그 울음에 보이지 않는 신경질을 내고, 내가 하루하루 크는 귀여운 아가의 아빠가 되기 전까지는 내 같잖은 의사의 눈에서는 연민의 작은 꽃 한 번 몽우리지지 않았지.

가슴뼈 속에 대못 같은 바늘을 꽂아 비로소 오래 살지 못하는 병을 진단한 뒤에 나는 네 병실을 겉돌고, 열기 오른 뺨으로 네가 손짓할 때 나는 또다시 망연한 나그네가 되었지. 그리고 어느 날 엉뚱한 내 팔에 안겨 숨질 때, 나는 드디어 귀엽게 살아 있는 너를 보았다. 아, 이제 아프게 몽우리졌다. 네 아픔이 물소리 되어 낮에도 밤에도 속삭이는구나.

미워하지 마라 아가야. 이 땅의 한곳에서 죽고 나면 그만이라는 패기 있는 철학자들의 연구를 미워하지 마라. 너는 그이들보다 착하다. 나이 들어 자랄수록 건망증은 늘고, 보이는 것만 보는 눈은 어두워진단다. 그이들은 비웃지만 아가야, 너는 죽어서 내게 다시 증명했다. 살아서도 죽어서도 헤어지지 않는다.

43

'증례'라는 제목을 우선 설명해야 할지 모르겠다. 한문으로는 證例이고 영어로는 Case Report이다. 병원에서 자주 쓰는 단어로, 주로 교육적으로 중요하고 특수한 환자에 대한 보고, 의학전문지에 특별히 기재할 만한 의학적으로 흥미롭고 희귀한 병력이나 특성, 그 병의 치료법이나 진단법 등을 논문으로 보고할 때 주로 쓰는 단어이다.

이 시는 1960년대 후반, 내가 미국 의사로 환자를 치료해온 지 몇 해밖에 안 되었을 때, 내가 보살피던 실명의 어린 환자의 이야기다. 아기는 백혈병으로 결국 내 팔에 안겨 죽었지만 무척이나 예쁘고 나를 많이 따라서 아직도 잊히지 않는다. 나는 그 아기의 순정한 미소를 기억하고 있다. 그리고 그 미소가 내게 그처럼 애처롭고 황홀하고 아름답게 보이게 된 것은 단언하건대, 내가 귀엽게 크는 내 자신의 아기를 가지게 된 후이기 때문이었을 것이다. 바로 내 아이 때문에 나 자신이 조금은 더 깨끗해지고 따뜻해진 때문이었을 것이다.

끝 연에서 이 시는 세상을 다 알고 경험한 척하며 철학자연하는 주위 사람들에 대한 불만을 보이고 있다. 도서관에 앉아 책만 들척이며 세상의 진리를 다 알고 있는 듯한 표정으로 글을 쓰고, 세상의 만사를 자기 식대로 난도질하는 지식인들이 나는 우습기까지 했다. 이런 의식의 변화는 내가 의대생으로 해부에 매달리면서 일어났다. 졸업 후에 밀어닥친 의사 생활 중에 더 두드러지게 되었지만, 문학이라면 적어도 그 당시 상당히 유행하던 행동주의 문학만이 구원자가 될 수 있을 것이라는 엉뚱한 믿음을 가지고 있었던 것이다. 행동이 없이 관념의 추상 언어로만 지껄이는 문학을 나는 믿을 수가 없었다. 체험을 통한 현장의 은유야말로 살아 있는 시를 만드는 새로운 질료라고 생각했다. 그것만이 진정성을 갖춘 문학이라고 믿었다. 행동이 밑바탕이 되지 않는 문학은 공중누각이고 세상에 필요 없는 문학이라고 믿었다. 골방에만 박혀서 하루하루의 질박한 삶을 외면하는 의식의 조작이 아니고, 땀과 눈물과 피로 만들어내는 것만이 진정한 시의 길이라고 믿었다.

그리고 진부한 단어가 되어버린 사랑. 천 번을 다시 말해도 파릇파릇한 그 사랑만이, 참혹한 비극이 끝없이 이어지는 내가 사는 이 세상에서 유일한 희망이고 힘이고 순수고 미래라고 나는 믿었다.

두개의 일상

익숙지 못한 저녁 이후에는
커피잔에 뜬
바흐의 음악을 마신다.

서양에 몇 해 와서야
진미를 감촉하는
요원한 거리.

그만한 거리를 두고
가물에 피부가 뜬
전라도 한끝의 전답이
묵은 신문에서 살아나와
갑자기 내 형제가 된다.

죽으나 사나 형제여,
당신의 그림자는 길고 여위다.
그 변치 않는 그림자를
황급히 주머니에 쑤셔 넣고

천장이 높은 파티에 참석한다.

밤에는
구겨진 내 그림자를 꺼내어
잊어버린 깃발같이
흔들어본다.

두툼한 부피의 주머니를,
내 그림자의 음악을,
요즈음은 불편하도록 실감한다.

이 시는 내가 전공의 수련 때문에 오하이오 주립대학병원이 있는 콜럼버스 시에 몇 해 살던 미국 생활 초반, 1969년경에 쓴 것이다. 나는 아직도 내가 참석했던 그 거창한 파티를 기억한다. 왜냐하면 그때까지 나는 그런 고급스런 파티에 한 번도 참석해본 적이 없었고, 파티 때문에 그렇게 기죽어본 적도 없었기 때문이다. 파티는 도심에 있는 2층짜리 건물에서 열렸는데, 30여 명으로 이루어진 악단의 화려한 실내음악과 호화로운 음식과 참석자들의 의상에 눈이 휘둥그레졌다. 하지만 무엇보다도 그 큰 파티 장소의 높은 천장에 완전히 압도당한 저녁이었다. 그리고 그날인가 그 전날에 나는 서울의 어머니가 선편으로 보내주신 일주일치의 한국 신문을 받았고 그 신문에는 한 달쯤 전의 초라한 고국 소식들이 인쇄되어 있었다.

그 파티장에서 나는 왜 하필 그날 읽은 한국 신문의 슬픈 기사가 생각났을까. 어째서 그 기사를 잊지 못하고 있었을까? 의대생 시절에 몇 해 동안 수재민 구호의료반에 참석해서 보았던, 홍수에 휩쓸려간 남도의 처참한 산하와 불쌍한 농투성이가 왜 그곳 파티에 겹쳐서 보였던 것일까. 사실 미국에서의 첫 몇 해는 내가 약소국에서 온 가난한 나라 백성이라는 것을 매일 실감하며 한숨을 쉬며 이를 갈며 살던 시절이었다. 내가 특별히 애국하려는 것이 아니고, 고국이 가난하던 시절 고국을 떠나 여유 만만한 딴 나라에 살던 이에게는 누구에게나 너무나도 당연한 감정이었을 것이다.

나는 많은 이민자들이 그렇듯 수십 년 동안 두 개의 다른 나라에서 내 삶을 살았다. 비록 몸은 외국에 있어도 집에서는 모국어를 사용했고 잠꼬대도 모국어로 했고 꿈도 대부분 모국이 배경이었다. 글도 모국어를 더 많이 사용했고 도대체 의식의 체계 자체가 모두 모국식이었다. 내 생활은 이렇게 두 나라의 살림이었고 두 개의 일상은 오랫동안 계속되었다. 그러면서 나는 두 나라가 모두 편안하지 않았다. 내가 자꾸 외계인 같다는 생각이 들었고 어디에 세워놓아도 풍각쟁이나 희극배우 혹은 패배자같이만 생각되었다. 나는 점점 더 혼자가 되어갔고, 그건 꽤나 참담한 느낌이었다. 그때 나는 20대 청년이었지만 50대는 된 듯 생각이 많았고 늘 머리가 무거운 느낌을 가지고 살았다.

장님의 눈
전화
바람의 말
안 보이는 사랑의 나라
쓸쓸한 물
밤 노래 4

당신 사랑은 남는다

장님의 눈
— 자코메티 전시회

당신은 죽었지만
당신 사랑은 남는다.
사랑 중에서도 가장 질긴
당신의 외로움만 남는다.
그 외로움의 골목길을 돌아가면
장님은 보이지 않는
눈으로 생각하고
당신은 보이지 않는
몸으로 운다.
그리하여 쓰러졌던 우리들은
다시 머리 들고
서로 다른 방향을 향해
일어선다.

1960년대 중반이었다. 수련의로 고용되어 미국에 온 나는 세상에 이런 고된 삶을 사는 사람이 나 말고 또 누가 있을까, 할 정도로 힘들게 살고 있었다. 그때 그나마 고통의 바다에서 구원의 손길을 내밀어준 것은 수많은 좋은 미술관들과 음악공연장이었다. 그 당시만 해도 고국의 그것과는 감히 비교가 안 될 정도로 엄청난 놀라움과 자극을 주었던 예술 감상은 나를 완전히 압도하고도 남아서, 내가 계속해서 살아갈 수 있는 충분한 에너지를 충전해주고 있었다.

이 시는 1970년대 초에 쓰인 것이니 아마도 내가 미국에 산 지 10년 안쪽이었을 게다. 나는 그 유명한 뉴욕 현대 미술관에서 그때까지 겨우 몇 개의 작품만 책으로 보아온 자코메티A. Giacometti의 조각 특별전시회에 갔었다. 그리고 그의 작품에 완전히 마취되어 다른 일정을 다 취소하고 늦저녁까지 미술관에서 살았던 황홀한 기억을 가지고 있다. 자코메티는 젊은 시절에는 초현실주의 시인들인 아라공, 부르통, 엘뤼아르 등과 친분을 유지하며 학문적인 작품을 만들었지만 별로 주목받지 못하다가 2차 세계대전 이후에야 큰 전환을 맞고 예술가로 다시 태어나게 된다. 이후에는 화가 피카소, 소설가 베케트, 철학가 사르트르 등과 친교를 가지며 여러 종류의 인물상을 주로 제작했다. 모두 사지가 길고 몸통이나 얼굴까지 길게 만들어 어디서건 그의 작품을 분별할 수가 있다. 그의 작품을 실제로 보면 생각했던 것보다 그 크기가 놀랄 정도로 작은 것이 많은데, 얼굴 모습이 다 비슷하고 한없이 긴 몸통도 비슷하고 심지어 마모되고 부식되고 흉터자국 같은 표면까지 모두 한결같다. 그런데 어찌된 영문인지 나는 그의 작품 앞에 서면 서로 다른 방향으로 급하게 혹은 무심하게 걸어가는 인간들의 외로운 모습에 눈물을 글썽이게 되었고, 세상의 찬바람이 옷깃을 헤치는 무서운 느낌이 들어 몸을 사리게 되었다.

조각 작품의 제목들은 하나도 예술적이 못 되는 것 일색이다. 〈여인〉, 〈머리〉, 〈서 있는 누드〉, 〈손〉, 〈다리〉, 〈광장〉, 〈네 여자〉, 〈큰 키의 인물상〉, 〈두 집 사이〉, 〈세 사람이 걷다〉, 〈마차〉 등등이었다. 그런 작품의 껄끄러운 피부와 표정 없음을 보면서, 누구 옆에 없느냐고 혼자서 소리 죽여 외치기도 했다. 내가 그때 젊어서 그랬는지, 외로워서 그랬는지, 아직도 잘 알 수는 없지만 잠잠해진 주위를 돌아보면서도 누군가 나만큼 자코메티를 좋아하는 사람이 어딘가에 있으리라는 희망을 놓아버릴 수가 없다. 그런 정신적 공황 상태와 외로움의 한기 속에서 이 시는 태어났다.

사랑의 속성 중에서 제일 질기고 오래 남는 것이 정말 외로움일까. 사랑이 떠나고 얼마의 세월이 지났는데 무슨 감정이 이렇게도 질기게 남는단 말인가. 사르트르와의 대화 중에서였던가. "장님은 눈으로 생각한다"는 그의 말을 나는 내가 한 말처럼 시에 넣었다. 그가 인물화에서 언제나 두 눈의 스케치에 온 정성을 들였듯이 눈은 단순히 보는 역할뿐 아니라 어떻게 보느냐, 어떻게 보여지느냐, 하는 의식의 문으로서 더 중요하다고 한 그의 말을 나는 믿는다. 어차피 사랑의 감정은 맹목적이다. 따지고 계산된 사랑의 이윤 추구나, 서로의 육체적 관계만을 위한 욕망 충족의 사랑이라면 그것은 이미 맹목적도 아니고 사랑도 아니다. 순수한 사랑은 장님이고 그래서 눈이 멀어 있다. 장님의 눈을 가지지 않고는 사랑의 정수를 만질 수가 없다. 나는 사랑의 순결을 믿고 싶었다. 조각가 자코메티의 작품과 그의 말에서 나는 장님의 눈으로 보는 사랑을 보았다.

전화

당신이 없는 것을 알기 때문에
전화를 겁니다.
신호가 가는 소리

　당신 방의 책장을 지금 잘게 흔들고 있을 전화 종소리, 수화기를
오래 귀에 대고 많은 전화 소리가 당신 방을 완전히 채울 때까지 기
다립니다. 그래서 당신이 외출에서 돌아와 문을 열 때 내가 이 구석
에서 보낸 모든 전화 소리가 당신에게 쏟아져서 그 입술 근처나 가
슴 근처를 비벼대고 은근한 소리의 눈으로 당신을 밤새 지켜볼 수
있도록.

　다시 전화를 겁니다.
신호가 가는 소리.

요즈음에는 핸드폰이라고 부르는 휴대용 전화가 범람하지만 불과 얼마 전만 해도 그런 전화는 없었다. 그런 시절에 이 시는 써졌다. 간단해서인지 많은 이들이 좋아해주고 낭독용으로도 많이 알려진 이 시에는 내 가까운 친구와 얽힌 이야기가 있다.

오래전의 가을이었을 것이다. 나와 어릴 때부터 가까웠던 친구 하나가 나를 찾아와서 부탁을 하나 하고 싶다고 했다. 공대를 나오고 좋은 직장을 가지고 있던 그 친구는 자기가 한 여자를 오래 좋아하고 있는데 그 여자는 도저히 자기의 진심을 받아주지도 않고 만나주지도 않는다는 것이다. 나는 장난삼아 꽤나 얌전하고 피동적이었던 이 친구에게 짓궂은 농담을 했다. 이 땅에 사는 인구의 절반이 여자인데 싫다면 그만두고 딴 여자를 만나면 되지 뭘 그렇게 고민이냐고. 그러면서 부탁이라는 것이 무엇인지 알려달라고 했다. 친구는 한 번만 그 여자 친구를 자기 대신 만나주고 자기의 진심을 전해달라는 것이었다.

나는 나 자신도 약간 의아한 느낌이 들 정도로 중·고등학교 때는 물론이고 대학 때에도 여학생의 뒤를 쫓거나 공연히 말을 걸고 수작을 부리는 일을 한 번도 해본 적이 없었다. 그런 일에 취미도 아예 없어서인지 오히려 여자를 스스럼없이 만나고 말을 나누는 것이 민망하거나 어렵지가 않았다. 그래서 나는 그 여자를 만나서 내 친구가 얼마나 성실한 친구인가를 설명해주고 당신을 진정으로 사랑하는 것 같다고 말해주었다. 그 여자 분은 자기도 내 친구에게 관심이 없는 것은 아니지만 지금은 자기의 부모님 두 분이 모두 심각하게 아프시기 때문에 남자 친구를 만날 처지가 되지 못한다고 답했다. 또 자신이 외동딸이기 때문에 자기를 지켜주는 오빠들 때문에도 절대 만날 수가 없다고 했다. 그러면서 언젠가 집안일이 다 잘 해결되면, 그것이 언제가 될지는 모르지만, 그때에는 만나볼 용의가 있다고 했다.

절반 이상의 성공을 이루어낸 나는 친구에게 큰 턱을 얻어먹었고 가끔 친구에게 그 후의 일을 물었다. 친구는 자기가 할 수 있는 일은 여가 때마다 여자의 하숙방 근처를 거닐고 가끔 전화를 하는 것밖에 없다며 여자의 가족이 방문하지 않는 시간이나 여자가 집에 없을 만한 시간에도 전화를 한다며 웃었다. 나는 사람도 없는데 전화는 해 무엇 하느냐고 의아해하며 놀렸지만 친구의 일편단심은 변하지 않았다. 그렇게 한 반년이 지나고 나는 군의관을 제대하고 고국을 떠났다. 그때까지도 빈집에 전화를 거는 친구의 사정은 똑같았다.

고국을 떠난 지 만 5년 후, 나는 첫 번째 귀국을 했다. 2주 동안의 짧은 여정에 성묘도 하고 학교에도 가고 친구도 만나고 하다가, 귀국 일정이 끝나갈 즈음에야 이 친구를 만났다. 그런데 친구와 만나기로한 조용한 식당에 함께 나온 그의 부인은 바로 내가 5년 전에 만났던 그 여자분이었다. 좀 더 차분해진 인상 말고는 별로 달라진 모습이 없었다. 그사이 두 아들의 엄마가 된 부인께, 나는 술 한잔 마신 김에 결혼 전 친구의 전화에 대해서 물었다. 부인은 웃으면서, 자신을 한 번도 귀찮게 하지 않고 늘 배려해주면서도 끈질긴 그 전화 걸기가 자신에게는 감동으로 다가왔고, 그 때문에 결국 만나기 시작해서 결혼에 이르렀다고 했다. 며칠 후 고국을 떠나는 공항에서도 나는 부인의 말을 다시 생각

하며 떠나야 하는 내 심드렁한 마음을 달랠 수 있었다. 그 후부터 수십
년, 내가 일시 귀국을 할 때면 친구와 나는 언제나 꼭 만나야 하는 더
가까운 사이가 되었다.

바람의 말

우리가 모두 떠난 뒤
내 영혼이 당신 옆을 스치면
설마라도 봄 나뭇가지 흔드는
바람이라고 생각지는 마.

나 오늘 그대 알았던
땅 그림자 한 모서리에
꽃나무 하나 심어놓으려니
그 나무 자라서 꽃 피우면
우리가 알아서 얻은 모든 괴로움이
꽃잎 되어서 날아가버릴 거야.

꽃잎 되어서 날아가버린다.
참을 수 없게 아득하고 헛된 일이지만
어쩌면 세상 모든 일을
지척의 자로만 재고 살 건가.
가끔 바람 부는 쪽으로 귀기울이면
착한 당신, 피곤해져도 잊지 마,
아득하게 멀리서 오는 바람의 말을.

이 시를 쓴 것은 1977년이나 1978년이었다. 내 마음이 상당히 복잡하고 혼란스러운 시기였다. 그즈음 나는 계획해오던 영구 귀국을 여러 가지 이유로 포기해야 했고, 남의 나라라고 마음속으로 다짐하던 미국에서의 생활은 예상외로 모든 일이 순조롭게 잘 풀려나가고 있었다. 내가 가르치던 의대에서는 젊은 조교수인 데다, 외국 출신인 내게 '올해 최고의 교수상'을 수여하면서 학교와 병원이 온통 떠들썩해졌다. 졸업반 학생들이 투표로 뽑는 명예로운 상이었던 만큼 나는 유명인이 되었다. 그 직후 실력과 존경을 두루 받고 있는 30여 명의 백인 전문의 의사 그룹에서는 최초의 외국 출신 의사로 나를 적극 영입했고 나를 진심으로 존경하고 좋아해주었다. 미국에서의 생활은 아무리 뜯어보아도 한 가지도 불편한 것이 없었고 일은 즐겁기만 했다. 그러기에 더욱 혼자 있는 시간이 되면, 나는 불안해지고 정신이 움츠러들었다. 이렇게 해서 결국 나는 미국 사람이 되어가는 것일까? 몽매간에도 잊지 못할 내 언어의 고향은 마침내 남의 나라가 되고 마는 것일까? 이런 시기에 이 시가 써진 것이다.

이 시의 대상에 대해서야 여러 의견이 있을 수 있지만, 당시의 안타까운 심경을 담은 이별의 노래였다. 물론 그 이별은 죽은 자와 산 자 사이의 일이거나, 다르게 보면 죽은 자들 사이의 일이겠지만, 그런 상황 설정은 내 마음의 절실함을 보이려 한 것일 뿐 그리 중요하지 않았다. 다만, 전하고 싶은 메시지가 있었다면, 나를 잊지 말아달라는 것이었

다. 첫 번째로 가능한 대상은 물론 헤어진 옛 연인이다. 그러나 지금도 확실히 말할 수 있는 것은, 그 당시의 내 정신 상태로 보아 못내 잊을 수 없던 내 조국이 또 다른 대상이었을 것이다. 아름다운 모습을 보이고 싶었던 이 사랑시의 밑바닥에 존재하고 있었던 내 커다란 상실감은 이 시를 좋아해준 이들에게 약간의 당혹감을 줄지 모른다. 그러나 그런 것이 무슨 문제이랴. 시가 가지는 의미의 다면성이 다이아몬드처럼 시를 빛나게 하듯, 대상의 다면성 역시 시를 그 시 자체만으로 빛나고 아름답게 꾸며줄 수 있을 것이니.

이 시는 내가 쓴 시들 중 가장 많이 알려진 것이다. 널리 아낌을 받은 이유야 각양각색이겠지만 거의 20년 전에 내가 받은 한 통의 편지를 여기에 참고삼아 소개해본다. 편지를 주신 분은 예순 살 정도이셨던 것 같다. 깨끗하고 잘 쓴 글씨의 긴 편지에는 다음과 같은 사연이 적혀 있었다.

그분은 1년 전 사랑하고 존경하던 남편을 폐암으로 잃었다. 남편의 긴 투병 중 점점 쇠약해가던 말기의 어느 하루, 옆에서 간호하던 자기에게 남편이 종이 한 장을 내밀며 언제 한번 시간이 날 때 읽어보라고 했다. 그때는 정신도 없고, 환자와 함께 자신도 피곤하고 침울해져 있던 때라, 그러마고 말만 하고 잊고 지냈다. 그 얼마 후 남편이 죽고 장례를 치르고 남편의 유품과 병실에 남아 있던 물건을 태우고 정리하던 중에, 갑자기 남편이 죽기 전에 자기에게 전해준 그 종이가 나왔다. 그 종이에는 남편이 직접 쓴 시 한 편이 적혀 있었는데 나중에 알고 보니 그 시가 바로 선생이 쓴 시였다는 내용이었다. "착한 당신, 피곤해져도 잊지 마, 아득하게 멀리서 오는 바람의 말을……" 이 시를 읽고 또 읽

다가 너무 고마워서 이렇게 내 주소를 알아내고 감사의 편지를 보낸다
는 것이다.

당신의 시가 죽은 내 남편을 내 옆에 다시 데려다주었습니다. 나는 그
가 그리울 때면 늘 이 시를 읽습니다. 그러면 어디에 있다가도 내 남편
은 내 옆에 다시 와줍니다. 그리고 나직하게 이 시를 내게 읽어줍니다.
이 시가 나를 아직도 살아가게 하는 힘이 되어줍니다……

지금도 이분이 내 시를 가끔 읽고 계신지, 아직도 잘 계신지, 나는 전
연 알 길이 없다. 하지만 나는 가끔 이분의 편지를 읽어보며 시 쓸 용기
를 다시 얻는다. 내 시 한 편이 영혼이 몹시 춥고 외로웠던 한 분을 위
로해 줄 수 있었다는 것에 황홀한 느낌을 받는다.

어릴 때부터 나는 시라는 것이 읽는 이에게 무엇을 해줄 수 있을까,
시의 효능이 고급스러운 유희 이상의 것이 될 수 있을까를 의심하며 또
희망하며 살아왔다. 그래서 내가 내 시를 읽으며 받았던 정신적인 위로
와 기쁨이 내 시를 읽어준 분에게도 전해졌다는 것이 너무 기뻤다. 이
느낌은 평생을 의사로 살면서 내 노력으로 다른 이에게 위로가 되고 도
움이 되고 생명을 살리는 역할의 한 부분이 되어 느꼈던 희열, 바로 그
만큼의 희열을 내게 전해주었다.

안 보이는 사랑의 나라

1. 옥저의 삼베

중학교 국사시간에 동해변 함경도 땅, 옥저라는 작은 나라를 배운 적이 있습니다. 그날 밤 꿈에 나는 옛날 옥저 사람들 사이에 끼여 조랑말을 타고 좁은 산길을 정처 없이 가고 있었습니다. 조랑말 뒷등에는 삼베를 조금 말아 걸고 건들건들 고구려로 간다고 들었습니다. 나는 갑자기 삼베 장수가 된 것이 억울해 마음을 태웠지만 벌써 때늦었다고 포기한 채 씀바귀 꽃이 지천으로 핀 고개를 넘어가고 있었습니다. 드디어 딴 나라의 큰 마을에 당도하고 금빛 요란한 성문이 열렸습니다. 무슨 이유인지 지금은 잊었지만, 나는 그때부터 이곳에 떨어져 살아야 한다는 말을 들었습니다. 아버지, 어머니가 옥저 사람이 아닌 것 같은데 혼자서 이 큰 곳에 살아야 할 것이 두려워 나는 손에 든 삼베 묶음에 얼굴을 파묻고 울음을 참았습니다. 그때 그 삼베 묶음에서 나던 비릿한 냄새를 나는 아직도 잊을 수 없습니다. 그 삼베 냄새가 구원인 것처럼 코를 박은 채 나는 계속 헤어지는 인사를 하였습니다. 아무것도 보이지 않아 헛다리를 짚으면서도 어느덧 나는 삼베옷을 입은 옥저 사람이 되어 있었습니다. 오래 전 국사 시간에 옥저라는 조그만 나라를 배운 적이 있습니다.

2. 기해년己亥年의 강

―슬픔은 살과 피에서 흘러나온다.
기해己亥 순교복자殉教福者 최창흡

이 고장의 바람은 어두운 강 밑에서 자라고
이 고장의 살과 피는 바람이 끌고 가는 방향이다.
서소문 밖, 새남터에 터지는 피 강물 이루고
탈수된 영혼은 선대의 강물 속에서 깨어난다.
안 보이는 나라를 믿는 안 보이는 사람들.

희광이야, 두 눈 뜬 희광이야,
19세기 조선의 미친 희광이야,
눈감아라, 목 떨어진다, 비 떨어진다.
오래 사는 강은 향기 없는 강
참수한 머리에 떨어지는 빗물 소리는
한 나라의 길고 긴 슬픔이다.

3. 대화對話

아빠, 무섭지 않아?

아냐, 어두워.

인제 어디 갈 거야?

가봐야지.

아주 못 보는 건 아니지?

아니. 가끔 만날 거야.

이렇게 어두운 데서만?

아니. 밝은 데서도 볼 거다.

아빠는 아빠 나라로 갈 거야?

아무래도 그쪽이 내게는 정답지.

여기서는 재미없었어?

재미도 있었지.

근데 왜 가려구?

아무래도 쓸쓸할 것 같애.

죽어두 쓸쓸한 게 있어?

마찬가지야. 어두워.

내 집도 자동차도 없는 나라가 좋아?

아빠 나라니까.

나라야 많은데 나라가 뭐가 중요해?

할아버지가 계시니까.

돌아가셨잖아?

계시니까.

그것뿐이야?

친구도 있으니까.

지금도 아빠를 기억하는 친구 있을까?

없어도 친구가 있으니까.

기억도 못 해주는 친구는 뭐 해?

내가 사랑하니까.

사랑은 아무데서나 자랄 수 있잖아?

아무데서나 사는 건 아닌 것 같애.

아빠는 그럼 사랑을 기억하려고 시를 쓴 거야?

어두워서 불을 켜려고 썼지.

시가 불이야?

나한테는 등불이었으니까.

아빠는 그래도 어두웠잖아?

등불이 자꾸 꺼졌지.

아빠가 사랑하는 나라가 보여?

등불이 있으니까.

그래도 멀어서 안 보이는데?

등불이 있으니까.

—아빠, 갔다가 꼭 돌아와요. 아빠가 찾던 것은 아마 없을지도 몰라. 그렇지만 꼭 찾아보세요. 그래서 아빠, 더 이상 헤매지 마세요.

—밤새 내리던 눈이 드디어 그쳤다. 나는 다시 길을 떠난다. 오래전 고국을 떠난 이후 쌓이고 쌓인 눈으로 내 발자국 하나도 식별할 수 없는 천지지만 맹물이 되어 쓰러지기 전에 일어나 길을 떠난다.

이 시는 내 생애의 한 분기점이 되는 때에 쓰인 것이다. 1970년대 말, 내가 오하이오 의과대학의 조교수였던 시절에 쓴 것인데, 거의 한 달은 걸려서 힘들게 쓴 시이다. 우선 같은 제목 안에서 전혀 다른 시각에서 본 시 세 편을 함께 붙였고, 일부러 시의 구성도 다르게 꾸며보려고 노력했기 때문이다. 첫 번째 시의 구성은 산문적인데, 우리의 옛 역사에서 소국의 백성이 강대국에서 살게 되었던 과정을 우화적으로 그렸다. 두 번째 시는 조선시대 말기에 천주교인이 눈에 '안 보이는 나라'인 천국을 위해 순교하는 참혹한 장면을 사실적으로, 그러나 일부러 아주 작은 목소리로 그리려고 했다. 그리고 세 번째 시는 적어도 그때까지는 고국 문단에서는 한 번도 실험되지 않았던 간단한 대화체로 전체 시의 구성을 이끌게 했다. 대화는 죽은 아버지와 살아 있는 아들의 대화, 즉 죽은 나 자신과 내 아들이면서 동시에 돌아가신 내 아버지와 살아 있는 아들인 내가 될 수도 있게 꾸미려고 했다. 이렇게 해서 전체적으로는 서로 다른 시대와 장소와 대상을 아우르는 '안 보이는 사랑의 나라'를 표현하고 싶었다.

이 시는 그 배경이 겨울을 연상케 하지만, 내가 이 시를 끝냈을 때는 늦가을이었음을 확실히 기억한다. 미국 미시간 주의 어느 한적한 공원에서 이 시를 끝낸 나는 아무도 없는 오후에 나무의자에 혼자 앉아 한참을 울었다. 가끔 시를 쓴답시고 끙끙대고 중얼거리다가 공연히 감정에 휩쓸려 우는 경우가 많기는 했다. 물론 그것은 내 성격이 유약한 탓이 크겠지만, 소리 내어 흐느껴 울어도 아무도 내 울음을 흉보거나 손가락질할 사람이 없도록 언제나 혼자 숨어서 시를 쓰기 때문이기도 할 것이다. 이 시를 쓰고 나서도 소리를 크게 내지는 않았지만 아주 오래 울었던 기억이 생생하다.

바로 그 얼마 전에 나는 오래 계획했던 귀국을 완전히 포기해야 했었다. 고국의 모교에서 과분한 교직과 직책을 약속해주어서 강의물이니 여러 참고자료를 모으며 한창 귀국을 준비하던 때였다. 갑작스럽게 고국의 직장에서 정치적 이유로 쫓겨난 동생이 식솔을 거느리고 무작정 미국 땅으로 왔다. 나는 내게 기댈 수밖에 없던 동생네의 뒷바라지를 해야 했다. 그런 데다가 은퇴하신 어머니까지 갈 곳이 없어 내게 오시게 되었다. 나는 갑자기 큰 부양가족의 책임을 지게 되었던 것이다. 또 막상 귀국을 하자니, 귀국을 안 하겠다고 다짐했던 그 옛날 정보부와의 구두 약속까지 나를 겁먹게 했다. 여러 가지 복잡한 이유가 줄줄이 이어져 한동안 밤잠도 못 자고 고민하다가 결국은 귀국을 포기했다.

그 후 2~3년 정도, 나는 상당히 황폐한 심경으로 술을 마시고 취해서 건들거리기를 자주 했다. 그럴 때마다 자주 눈에 삼삼히 보이는, 안 보이는 내 고국이 너무 그립고 살갑게 느껴져서, 하루하루를 외롭게 지내던 때에 나온 시의 하나가 이것이다. 이 시를 쓰고 공원에서 오래 울고 있던 나를 누군가가 조용히 감싸 안아주는 착각에 빠졌던 기억도 아직까지 생생하게 되새겨진다. 그런데 그게 누구였을까? 아마도 오래전에 돌아가신 아버지였을 가능성이 제일 크지 않을까.

쓸쓸한 물

불꽃은
뜨거운 바람이 없다면
움직이는
그림에 지나지 않는다.

모든 불꽃이 그림으로 완성된
안정된 세상의 쓸쓸함.
내 고통의 대부분은
그 쓸쓸한 물이다.

나는 때때로
그날을 생각한다.
순결의 물을 두 손에 받들고
다가오던 발소리의 떨림.
가득 찬 물소리에
나는 몸을 씻고 싶었다.

떨지 않는 물은 단지
젖어 있는
무게에 지나지 않는다.

김선두 화백님, 그동안 안녕하셨지요? 지난봄, 장흥 앞바다의 횟집에서 먹은 생선회와 소주 곁들인 생선국은 나같이 회를 잘 먹지 못하는 사람에게도 정말 최고였습니다. 평생 기억에 남을 만한 맛있는 상이었습니다. 김영남 시인도 안녕하시지요? 그날 너무 황망하게 다른 일행을 따라다니느라 함께 앉아 별 이야기도 나누지 못했네요. 다음번에는 시간을 진득하게 잡고 다시 한잔 나누고 싶습니다. 이윤옥 선생님과 함께 만드신 고운 책 《시를 읽는 즐거움》을 받고 아주 재미있게 잘 읽었습니다. 그리고 졸시 한 줄을 그림과 함께 그려주신 묵화도 잘 받아 액자에 끼워 보관하고 있습니다.

이 시의 중심은 살아 있음과 죽어 있음의 정의를 뜨거운 바람과 떨고 있는 물로 은유하면서 살아 있다는 것은 열정을 가지고 있다는 것, 뜨거운 움직임이 있다는 것임을 보여주는 데 있습니다. 물은 그냥 존재하는 것이 아니고 떨고 있는 감정 이입이 있을 때에만 살아 있음을 보여주는 존재라는 것, 안전한 상태나 완성된 상태는 더 이상 내재하는 힘이 없어 쓸쓸한 존재라는 것, 그것은 오히려 죽어 있는 상태로 내게 풀이된다는 것을 말하려고 했던 것이지요. 그리고 그렇게 살아 있는 상태만이 그 자체로 순결을 보여준다고 믿었지요. "순결의 물을 두 손에 받들고/다가오던 발소리의 떨림"은 현실에서는 "순결한 몸으로 내게 다가오던 당신의 떨림"이라고 간단하게 줄여서 말할 수 있겠습니다.

그리고 두 분 선생님의 책에 쓰인 대로, "순결은 아직 누구의 손도 닿지 않아 훼손되지 않았음을 전제로 한다. 순결은 부서지기 쉽고 부서질 수밖에 없다. 순결은 미완성이다. 순결이 오직 다른 순결과 결합될 때, 떨림이 다른 떨림과 만날 때, 열기와 환희가 배가되는 진정한 완성이 있을 것이다……"라는 말에 전적으로 동의합니다.

세상의 물질은 양자나 전자나 그 무슨 최소 질량의 물질마저도 모두가 미완성이나 불안정한 상태에 있을 때 가장 힘이 강하고 뜨겁고, 그래서 살아 있다고 말할 수 있는 것입니다. 그런 물리적 현상에서 이 시의 모티브를 가져왔습니다. 또한 '나는 아직도 미완성이다, 당신도 미완성이다, 그래서 우리는 오늘 주위를 의식하지 않고 힘 있게 포옹할 수 있다……' 는 주장 역시 물리학의 두 번째 원칙임을 잘 아실 것입니다. 바로 이 불안정이 우리가 살고 있는 이 세상의 물리적 원칙이고, 그 안에 살고 있는 미완성의 우리들만이 깊은 포옹을 할 수 있습니다. 피할 수 없는 삶과 물리학의 원칙이 바로 이 시의 밑바탕이 되고 있는 것입니다.

밤노래 4

모여서 사는 것이 어디 갈대들뿐이랴.
바람 부는 언덕에서, 어두운 물가에서
어깨를 비비며 사는 것이 어디 갈대들뿐이랴.
마른 산골에서는 밤마다 늑대들 울어도
쓰러졌다가도 같이 일어나 먼지를 터는 것이
어디 우리나라의 갈대들뿐이랴.

멀리 있으면 당신은 희고 푸르게 보이고
가까이 있으면 슬프게 보인다
산에서 더 높은 산으로 오르는 몇 개의 구름,
밤에는 단순한 물기가 되어 베개를 적시는 구름,
떠돌던 것은 모두 주눅이 들어 비가 되어 내리고
내가 살던 먼 갈대밭에서 비를 맞는 당신,
한밤의 어두움도 내 어리석음 가려주지 않는다.

1980년대 중반에 쓴 시이다. 그때 나의 미국 생활은 꽤 안정되었고, 모든 것이 마음먹은 대로 풀려나갔다. 목에 힘을 주고 누구 앞에서나 큰소리를 칠 수 있을 정도로 거칠 것이 없었다. 하지만 고국을 생각할 때면 밤잠이 어려울 정도로 소심해지고 우울해지던 세월이었다. 나와 내 주위의 일은 누구 앞에서나 자신 있게 내세울 수 있었지만, 내 고국의 이야기만은 아무것도 듣고 싶지 않았고 가슴에 차 있는 수치스러운 마음 때문에 할 말도 찾을 수 없었다. 그것은 광주민중항쟁을 필두로 시작된 일련의 폭압정책 때문이었다. 몇 년간 이어진 고국의 상황은 외국에서 보아도 정도가 심했다. 그렇게 파생된 많은 데모에 대한 사진과 기사는 내가 살던 미국 중소 도시의 일간신문에까지 자주, 그리고 크게 게재되었다. 그래서 내가 만나는 사람들은 모두가 고국을 '우스운 나라'로 치부하며 비웃음을 웃던 시절이었다.

혼자 고국의 형편을 생각하면서 매일 밤 잠들기가 어려워, 나는 그 밤의 고통을 찢으면서 1~2년 동안 10여 편의 〈밤 노래〉를 썼다. 대부분이 내가 고국을 떠나 산 이후 선친의 성묘나 모교 방문으로 잠시 귀국했을 때 본 고국의 현실, 가난과 억압과 불평등과 소외된 사회에 대한 굴욕감이 보이는 시들이었다. 또한 그런 와중에 더 강하게 느껴야 했던 향수와 상실감이 대부분 시의 주제였다. 한밤중 아무도 모르는 시간에 비밀스럽게 쓰였다는 것을 보이기 위해 〈밤 노래〉라는 제목을 가지게 되었다.

이 시는 결국 1986년에 출간된 시집에 실려 있지만 이 시의 첫 한 줄을 집어내어 그 당시 시집의 해설을 써준 고 김현 평론가가 시집의 제목으로까지 정해주었다. 여기서 '당신'이라는 호칭은 물론 어려운 길에서 비틀거리던 고국이지만, 헤어져 살고 있는 연인이나 가족 중의 어느 하나가 될 수도 있을 것이다. 나는 내 고국이 평화와 안정을 누리며 모두가 웃으며 사는 따뜻한 나라가 되는 것이 바로 내가 편안히 살 수 있는 첫째의 필요조건이라는 것을 그때 처음으로 느끼고 있었다.

강원도의 돌
떠루치는 국물만
　내고 끝장인가
비 오는 날
우리들의 배경
꽃의 이유
빈센트의 추억
북해
갈대의 피
외로운 아들
물빛 1
우화의 강 1

꽃이 피는 이유를

강원도의 돌

나는 수석水石을 전연 모르지만
참 이쁘더군,
강원도의 돌.
골짜기마다 안개 같은 물냄새
매일을 그 물소리로 귀를 닦는
강원도의 그 돌들,
참, 이쁘더군.

세상의 멀고 가까움이 무슨 상관이리.
물 속에 누워서 한 백년,
하늘이나 보면서 구름이나 배우고
돌 같은 눈으로
세상을 보고 싶더군.

참, 이쁘더군,
말끔한 고국故國의 고운 이마,
십일월에 떠난 강원도의 돌.

이 시는 1986년이나 1987년에 쓴 시이다. 이 시에서 강원도의 큰 돌은 내게 향수의 목표물이 되어 있다. 그때까지 내가 고국을 떠나 산 것도 만 20년. 아직도 고국은 억압된 분위기 속에서 신음하고 있었고, 반대로 내 외국 생활은 더 이상 좋을 수 없을 정도로 안정되어 있었다. 나는 주위의 많은 존경과 사랑을 과분할 정도로 받고 있었다. 나는 그것이 이상하게도 늘 불편하였다. 고국의 친구들이 괴로워하면 나도 조금은 괴로워해야 하지 않겠느냐는, 이상한 동류의식이 나를 힘들게 했다.

그해 깊은 가을, 고국의 글 쓰는 친구 몇과 강원도의 한복판에 놀러 갔다. 우리는 그 깊은 산중에서 콸콸거리며 폭 넓은 내를 꽉 채우며 쏟아져 내리는 물을 만났다. 근간에 비가 왔던 것인지 물은 쉬지 않고 쏟아져서 내 한복판에 누워 있는 돌무더기 사이로 넘쳐나고 있었다. 나보다도 더 큰 돌 하나가 물세례를 쉼 없이 받으며 태연히 누워 있었다. 그 모양이 어찌나 점잖고 예쁘고 무던하게 보이던지! 우리는 그 광경을 넋 놓고 한동안 보고 있었다. 하루 종일 얼굴과 온몸을 샤워하듯 씻은 그 큰 몸은 너무나 깨끗해 보였다. 친구들의 말속에 담긴 고국 사회 전반에 대한 부당함과 그로 인한 절망감은 내내 나의 마음에 부끄럽고 무거운 짐을 지웠던 터였다. 편안한 돌의 모습이 그 짐을 모두 훌훌 벗겨주는 듯했다. 나는 언뜻 해방되고 구원되는 느낌마저 받았다. 돌은 편 가르고 미워하고 증오하고 비하하는 인간에게 이렇게 말하는 것 같았다.

이 소리 나는 물에 들어와 누워보아라, 얼마를 더 산다고 그리도 아웅다웅하느냐, 모두 하나가 되어 손잡는다면 세상은 생각보다 좋은 곳이라는 것을 알게 될 것이다…… 이런 돌의 말을, 이런 내 희망을, 나는 혼자 아주 작은 목소리로 강원도의 산골짜기에서 웅얼거리고 있었다.

이 시가 고등학교의 어느 참고서에 실려 있다는 말을 들은 적은 있지만, 많은 이에게 사랑을 받고 있는 이유까지는 잘 모르겠다. 내가 전하고 싶었던 말은 사실, 돌의 탈속한 모습만은 아니었다. 그보다는 돌의 표정에서 당시의 사회적 불의를 이겨내기를 바라는 내 희망을 썼다고 보는 편이 옳을 것 같다.

며루치는 국물만 내고 끝장인가

(아내는 맛있게 끓는 국물에서 며루치를
하나씩 집어내버렸다. 국물을 다 낸 며루치는
버려야지요. 볼썽도 없고 맛도 없으니까요.)
며루치는 국물만 내고 끝장인가.

뜨겁게 끓던 그 어려운 시대에도
며루치는 곳곳에서 온몸을 던졌다.
(며루치는 비명을 쳤겠지. 뜨겁다고,
숨차다고, 아프다고, 어둡다고, 떼거리로
잡혀 생으로 말려서 온몸이 여위고
비틀어진 며루치떼의 비명을 들으면.)

시원하고 맛있는 국물을 마시면서
이제는 쓸려나간 며루치를 기억하자.
(남해의 연한 물살, 싱싱하게 헤엄치던
은빛 비늘의 젊은 며루치떼를 생각하자.
드디어 그 긴 겨울도 지나고 있다.)

1980년대 말에 발표한 시다. 주제나 표현이 좀 거세고 상당히 직설적이라는 생각이 든다. 1980년대의 내 시에는 한동안 이런 식으로 높은 목소리가 계속되었다. 그 이유야 당시의 사회상이 그대로 말해주고 있겠지만……. 대학 교수이던 친구가 사상이 어떻다고 강제 퇴직을 당하고, 언론의 자유가 박탈당하는 것은 물론, 심지어 별 볼 일 없는 내 시집도 검열 때문에 몇 편씩이나 삭제되어, 시 해설자의 뒷글이 시집에도 없는 시들을 열심히 분석하고 토론하는 기현상을 보이기도 했다. 이런 억압의 시대가 천천히 사그라들고 나 역시 외국에서 편하게 살고 있다는 죄의식에서 천천히 벗어나던 시기에 이 시는 쓰였다.

이하의 글은 현재 고국의 첨단 병원에서 활발히 환자 진료에 앞장서고 한편으로는 훌륭한 시를 거의 20여 년 쉼없이 발표하는 후배 시인 서홍관 박사가 어느 병원 잡지에 기고한 시 해설이다. 이 시에 대한 이야기는 서 박사의 글을 일부 인용하는 것으로 대신한다. 이분은 의사 일과 시 쓰기의 바쁜 일정 중에도 여러 의과 대학에서 '의학과 문학'에 대한 강의를 하고 있고, 고대 그리스의 의성으로 알려진 '히포크라테스'에 대한 방대한 저서도 출간하였다.

어느 시대이건 그 시대의 아픔을 온몸으로 버텨내다가 희생되고 상처 받은 사람들이 있다. 일제강점기에 인간으로서 최소 대우도 받지 못하고 슬어진 정신대 여성들이라든지, 한국전쟁에서 불구가 된 상이군경들, 4.19혁명과 이후의 1970년대와 1980년대 민주화 운동에서 고문당하고 매 맞고 수배받아 도망 다니던 민주화운동의 주인공들이 다 그들인 것이다. 그러나 사람들은 그 시절이 지나가자마자 재빨리 그들을 까맣게 잊고 만다. 마치 자신이 자신의 힘으로 새 시대를 열기라도 한 듯 지난 시절 온몸에 상처를 받으며 새 시대를 연 그 사람들의 고통을 잊고 만다. 며루치도 고소한 맛을 내자마자 더 이상 쓸모가 없다고 잊히고 버려지고 만다. 시인은 이 시에서 며루치의 운명에 비유하여 폭넓게 이 시대의 아픔과 비정함을 웅변해주고 있다.

"며루치는 국물만 내고 끝장인가"라는 질문에 힘을 실어주고, 그 한 마디가 제일 중요한 것이라는 점을 강조하기 위해, 나는 처음으로 시의 상당한 부분을 괄호 속에 넣어버렸다. 괄호 속의 말이 괄호 밖의 글보다 더 길다. 물론 아주 간단한 의도에 의한 것이지만, 이런 낯선 시도는 이 시가 처음이 아니었을까. 그리고 맨 마지막 줄, "드디어 긴 겨울도 지나고 있다"에서 나는 다가오는 새로운 힘과 희망을 보여주고 싶었다.

비 오는 날

구름이 구름을 만나면
큰 소리를 내듯이
아, 하고 나도 모르게 소리치면서
그렇게 만나고 싶다, 당신을.

구름이 구름을 갑자기 만날 때
환한 불을 일시에 켜듯이
나도 당신을 만나서
잃어버린 내 길을 찾고 싶다.

비가 부르는 노래의 높고 낮음을
나는 같이 따라 부를 수가 없지만
비는 비끼리 만나야 서로 젖는다고
당신은 눈부시게 내게 알려준다.

비가 하루 종일 내리고 있습니다. 사방은 어두워 울적한 마음으로 창밖을 내다보다가, 책을 읽다가, 한동안은 비 내리는 소리에 귀를 기울이다가, 하루를 거의 다 보내고 말았습니다. 그런데 어둑한 하늘에서 갑자기 천둥소리가 들립니다. 천둥소리는 큰 구름이 다른 구름을 만날 때 나는 소리지요. 구름이 구름에게 부딪친다고 말할 수도 있고 구름이 딴 구름을 만진다고 해도 되겠지요. 정확하게 구름이 구름을 만나 천둥소리를 낼 때 우리는 하늘에서 구름이 어떻게 상대방을 대하는지는 모르니까요. 그게 혹 서로 만나는 인사 소리가 될 수도 있을까요? 그 천둥소리를 들으면서 나도 소식 없는 당신을 갑자기 만나, 반가움에 깜짝 놀랄 수 있었으면 좋겠다고 생각했습니다. 그간 잘 지내셨지요?

비는 계속해서 내리고 이제는 밖이 완전히 어두워졌습니다. 비 소리 속에서 당신과의 인연을 생각해보면 섭섭하고 아쉬운 마음을 숨길 수 없지만 그래도 우리가 만나서 서로에게 눈에 보이지 않는 힘이 되었다는 믿음은 나를 푸근하게 가라앉혀줍니다. 갑자기 집 안팎이 환해질 정도로 어둠을 밝히는 큰 번갯불이 번쩍 빛나더니 천둥소리가 이어졌습니다. 갑작스러운 번갯불을 보면서 나도 당신을 다시 만날 때 저렇게 환희의 불을 켜며 환하고 밝게 당신을 만나고 싶었습니다. 적어도 그런 따뜻함으로, 그런 끌림으로, 그런 기대로, 그런 열정으로 당신을 만나고 싶었습니다.

비는 비끼리 만나야 서로 젖는다는 말을 나는 믿습니다. 사람과 사람의 만남은 만나서 서로 쳐다보는 스타일과 만나서 서로 같은 방향을 보는 만남이 있답니다. 서로 쳐다보는 만남은 두 사람이 더 가까워질 수는 있어도 나와 관련된 다른 사람들을 신경 써가며 살필 수는 없지요. 그리고 몸은 붙어 있어도 서로 다른 생각을 하는 사람들이 얼마나 많은지도 잘 아시지요. 같은 방향을 보는 만남은 함께 손잡고 걸을 수도 있고, 동반자의 입장에서 서로 도우며, 생각하는 방향이 같아서 의견을 나누기가 더 쉽다고 하겠지요. 음악을 듣고 같이 즐길 수 있고 영화를 보거나 전람회에서의 엇비슷한 생각을 나누고 좋은 책을 함께 보고, 어쩌면 이렇게 쌍둥이같이 비슷한 사유의 범위를 공유할까, 속으로 놀라면서 기뻐하는 사람들은 정말 행복한 이들입니다. 세상을 사는 이유가 비슷한 사람들, 인생의 자질구레한 조건들이 비슷해서, 부모에 대한, 가족에 대한, 친구에 대한, 사회에 대한, 국가에 대한 의견에서 큰 신경을 안 써도 되는 그런 사이야말로 참으로 축복받은 관계들일 것입니다. 그러나 그렇게 끼리끼리 만난다는 것은 한 번 사는 인생에서 그리 쉬운 일이 아니고 오히려 아주 어려운 일이라는 것을 나는 오랜 세월이 지난 후에야 겨우 배울 수 있었습니다.

그렇습니다. 물은 물끼리 만나야 서로 잘 젖고, 불은 불끼리 만나야 싱싱하게 살아납니다. 그리고 따뜻한 마음은 따뜻한 마음을 만나야 그리운 체온을 오래도록 유지할 수가 있는 것입니다.

우리들의 배경
—피아니스트 폴리니의 연주회

휜 배경으로
두 마리 흰 새가 날아올랐다.
새는 보이지 않고
날개 소리만 들렸다.
너는 아니라고 고개를 젓지만
나도 보이지 않게 한 길로만
살고 싶었다.

이 깊고 어려운 시절에는
말하지 않아도
귀는 듣고
서로 붙잡지 않아도
손은 젓는다.

아무도 없는 배경으로 또
흰 새 두 마리 날아오른다.
어두운 곳에 깨어 있는
작은 사랑의 물방울이 튄다.

1970년대 중반쯤의 어느 날, 빌려 읽은 〈뉴욕타임스〉 신문에 이탈리아의 젊은 피아니스트 마우리치오 폴리니Maurizio Pollini(1942~)의 도미연주회를 알리는 기사가 났다. 폴리니는 세계적인 콩쿠르를 다 휩쓸고 최고의 인기를 누리던 중에 갑자기 몇 해 동안 연주회도 하지 않고 팬들을 몹시 궁금하게 만들던 터였다. 기사에 의하면 이번이 두 번째 도미 연주인데 1960년대에 처음 왔을 때와 같이 이번에도 뉴욕에만 오고 연주도 카네기홀에서 이틀만 한다는 것이었다. 그 기사를 읽고 나는 꼭 한번 그의 연주회에 참석하고 싶어, 앞뒤 가리지 않고 좋지 않은 자리기는 하지만 표를 한 장 사고 뉴욕행 왕복비행기 표도 사고 카네기홀 근처의 싸구려 호텔도 예약을 했다. 그래서 어느 가을 밤, 나는 황홀하게 들뜬 마음으로 뉴욕 카네기홀을 찾았고 윤곽이 뚜렷한 음색을 지닌 그 빛나는 연주를 들을 수 있었다. 폴리니는 그 후 15년쯤 지난 후에야 미국에 한 번 더 와서 며칠 연주를 했다는데, 지금 생각해보아도 그때 내가 연주회 표를 살 수 있던 것부터가 큰 행운이었다.

앙코르 곡까지 두 시간이나 계속되었던 그날의 연주회에서 나는 이상하게도 비둘기 정도 크기의 두 마리 흰 새를 계속 보았는데, 그 새들은 연주회 내내 카네기홀의 연주회장을 소리 없이 날면서 구성도 신통찮은 듀엣의 춤을 추며 가끔은 흰색의 벽에 빠져서 잠시 보이지 않기도 했다. 새들은 아무 희망이 없는 듯 때때로 무너지듯 날았지만 나는 속으로 언젠가 저 두 마리의 새가 화려한 날갯짓으로 우아한 구도를 그리며 오래오래 평생을 날게 되리라고 믿고 싶었다. 사랑이라 부르기에는 너무 초라하게 장식도 조명도 없는 춤. 사랑이라는 자부심도 없이 그늘로 피하기만 하고 남들에게 멀리 비켜 서기만 하면서 세상의 눈치만 살펴 피곤에 지쳐가는 지저귐. 용기 있고 뚝심이 있어야 할 젊은 나이에 빛나는 것이라고는 아무것도 없다고 스스로 포기해버린 새. 아무것도 가지지 못한 한 쌍의 흰 새는 연주회가 끝나갈 즈음에 어디로 숨어버렸다. 나는 그 새를 찾을 수 없어서였는지, 아니면 연주회의 감동 때문이었는지, 아쉬움 때문이었는지, 그날 밤 혼자 연주회장을 빠져나오며 오랫동안 한밤의 맨해튼 거리를 걸었다.

이렇게 하루의 연주를 듣기 위해 뉴욕행 비행기를 탄 부산한 행위는 1980년 말인가에 한 번 더 있었는데 피아니스트 아르투로 미켈란젤리 Arturo Benedetti Michelangeli(1920~1995)의 첫 번째 도미 연주회였다. 한때 폴리니의 선생으로도 알려진 이 괴팍한 피아니스트 역시 뉴욕에서만 이틀을 연주하고 이탈리아로 다시 돌아간다고 해서 나는 같은 짓을 되풀이할 수밖에 없었다. 미켈란젤리는 연주회 때마다 자기의 피아노를 운반해 다닐 만큼 까다로우며 연주회를 갑자기 취소하기를 잘한다는 소문이 있어, 그가 무대에 뚜벅뚜벅 걸어 나올 때까지 내내 가슴을 졸였던 기억이 있다. 그러나 그의 연주회에서는 폴리니의 연주회에서 보았던 두 마리의 흰 새를 한 번도 보지 못하였다. 아마도 내가 많이 늙어서 밝은 눈을 가지지 못했던 모양이다.

꽃의 이유

꽃이 피는 이유를
전에는 몰랐다.
꽃이 필 적마다 꽃나무 전체가
작게 떠는 것도 몰랐다.

꽃이 지는 이유도
전에는 몰랐다.
꽃이 질 적마다 나무 주위에는
잠에서 깨어나는
물 젖은 바람 소리.

사랑해본 적이 있는가,
누가 물어보면 어쩔까.

그 나무는 키는 그리 크지 않고 가지가 넓게 퍼져 있었지요. 가지 끝은 손에 닿을 듯 닿지 않았습니다. 이른 봄이면 그 가지마다 분홍색 꽃이 무진장으로 피었지요. 그 꽃은 잎의 모양으로 보나 크기로 보나 벚꽃과 비슷했지만 너무 진한 분홍빛의 꽃이 물 샐 틈 없이 온 나무를 촘촘히 덮고 있었고, 나중에는 아주 작은 열매도 달았기 때문에 벚꽃이나 복사꽃이 아닌 것이 확실했지요. 나는 아직도 그 나무의 이름을 모르고 있습니다.

　20대의 어느 봄날이었어요. 내가 당신을 만나게 된 그 봄의 어느 날, 우리는 나무 그늘에 앉아서 다가올 날들의 계획을 짜고 있었지요. 나는 의사가 될 것이지만 절대로 시인이 되고 싶은 꿈은 버릴 수가 없다고 말했습니다. 우리의 작은 꿈은 그날 초록빛을 뿌리며 우리를 감싸 안았습니다. 우리는 요즘 젊은이들과는 달랐고, 수많은 꿈을 늘어놓기만 하는데도 숨이 차서 두 손을 마주 잡을 시간도 여유도 없었습니다. 아닙니다. 여러 번 만나면서 나는 진작부터 두 손을 잡아보고 싶었습니다. 그러나 그때는 시기가 아니라고 믿었습니다. 그렇게 꿈만 꾸며 고개를 숙이고 보낸 시간은 얼마나 길었을까요? 나는 갑자기 당신의 배경에 한 그루 꽃나무가 있다는 것을 알았고 그 나무가 조금씩 떨면서 봄꽃을 피우고 있는 것이 보였습니다. 확실합니다. 나무가 꽃을 바쁘게 피워가며 아주 작게 떨고 있었습니다. 나무가 떨기도 하는구나, 하고 경이에 차서 나는 아무 말도 못 하고 그 떨림을 보고만 있었습니다. 그때 혹 우

리도 꽃을 피우고 있었던 것은 아닐까요. 혹 꽃나무가 떤 것이 아니고 우리가 떨고 있었던 것은 아닐까요?

그리고 당신이 떠났습니다. 주위에서는 그 누구도 우리를 도우려하지 않았습니다. 아니, 누군가는 도우려고 했겠지요. 그런데 아무 소용이 없었어요. 우리는 자꾸만 우리의 희망과는 다르게 날이 갈수록 더 멀어지기만 했지요. 너무 멀어서 종국에는 볼 수도 없고 목소리를 들을 수도 없었지요. 당신이 얼마나 험한 길을 헤매었는지 모르지만 나도 그 후 생각지도 못했던 절망과 혼돈의 세월을 보냈습니다.

세월이 흐르고 먼 길을 돌아 더 이상 어딘가로 되돌아갈 수 없는 시간이 왔을 때, 나는 우연히 그 나무를 만났습니다. 그리고 힘 빠진 몸으로 그 그늘에 기대어 앉았습니다. 나무는 조금 태연해진 탓인지, 아니면 늙은 탓인지, 그늘이 더 작아진 듯 보였습니다. 그리고 나는 분홍색의 무진한 꽃잎이 내 주위로 눈 내리듯 날리며 흩어지는 것을 바라보았습니다. 지는 꽃잎을 보면서 가슴이 천천히 아파왔습니다. 꽃은 피는 때와 지는 때가 따로 마련되어 있었습니다. 몸을 떨며 꽃을 피우던 내 젊은 시절은 벌써 내 곁에 있지 않았습니다. 꽃잎이 내 머리와 어깨와 주위의 나무 그늘을 온통 분홍색으로 적시더니 작은 바람 같은 목소리로 내게 말해주었습니다. 더 이상 울지 말아요. 모두가 떠나는 것입니다. 떠나지 않는 것은 이 세상에 존재하지 않지요. 살아 있다는 그것만도 하늘이 준 귀한 선물입니다. 낭비하지 마세요…… 그러는 사이에 분홍빛 봄이 그림자를 이끌고 천천히 숲 쪽으로 사라지고 초여름의 녹음이 다가오기 시작했습니다.

누가 나보고 사랑해본 적이 있냐고 물어보면 나는 뭐라고 대답을 해

야 할지요? 그 모든 만남의 시간을 다 합쳐보아도 며칠이 되지도 않고,
손을 잡아보지도 못하고 눈만 마주치고 미소만 나눈 것뿐이었는데. 누
가 정말 사랑해보았냐고 물으면 나는 뭐라고 대답을 해야 정직한 대답
이 될까요.

빈센트의 추억

1. 겨울의 신부

보고 싶은 동생아,
겨울은 참으로
살기가 힘들다.

내 몸의 창문은
모두 얼어붙어서
그리운 풍경은 보이지 않고
어둡고 습기찬 길마저
움직이지 않는구나.

극진한 사랑은, 아마,
사람의 추위 속에서
완성된다.

만삭이 된 여자 거지와
신혼 살림을 차린,

빈센트 반 고흐의 결심이
우리를 떠나지 않는다.
그 뒤에는 눈이 내리고
이름 모를 눈송이 몇 개는
정신도 차리지 못한 채
이제는 서로 같이 껴안고 마는구나.

2. 바람의 색깔

내 그림에서 너는 바람을 보느냐.
바람을 지우면 나는 죽은 꽃이다.

나는 꽃 속에다 집을 짓겠다.
그 꽃이 잘 익어 잠이 깰 때쯤,
바람은 길을 떠나면서 손을 흔든다.
테오야, 세월은 계시다.

겨울이 오기 전에 전해야겠다.
숨가쁘게 살아온 어울리지 않는 내 생업이
언제쯤 잔가지 끝에 열매로 보이리니
그 과육을 씹으면서, 동생아.
이 세상 바람의 쓰고 단맛을 다 맛볼 수 있겠느냐.
그러니 나는 부자다.
나는 생시를 바람으로 바꾸면서 살아왔다.
이제는 더 돈을 부칠 필요가 없다.
나는 내 목숨이 많은 바람이 되어
빛나는 기쁨으로 세상에 퍼지는 것을 본다.

3. 중국인 빈센트

누가 빈센트를 죽였나.

(20대의 중국계 청년 빈센트는 자동차 도시 디트로이트의 어느 술
집에서, 난데없이 내리치는 백인의 몽둥이에 머리가 으깨져 죽었다. 자
동차 회사에서 해고를 당한 후부터, 동양인은 다 죽여야 한다고 주정을

자주 했다지. 싼 임금으로 만든 동양의 자동차가 수입되어서 자기가 밀려난 거라며, 일본차를 까듯 술김에 한 방 쳤지.)

누가 빈센트를 죽였나.
(재판정에서 백인 재판장은 술김의 실수니까, 특별히 용서를 한다고 가벼운 징역 2년 형을 내리고, 얼마 있다가 살인한 백인을 무죄 석방시켰다.)

누가 빈센트를 죽였나.
(우리는 데모를 하고, 공정한 재판을 하라, 동양 사람 차별이다, 고함을 치다가, 모두들 비켜 지나가는, 눈 내리는 도시 한복판에서 고함을 치다가, 보이지 않는 겨울 하늘을 향해 주먹을 던지다가, 지쳐서 돌아오는 내 얼굴, 아직도 뜨겁게 달아 있더군.)

누가 오래된 빈센트를 죽였나.
(테오야, 궁색하게 남의 나라에 와 살면서 공연히 억울해하는 내가 우습지? 누가 미국에서 살라고 했냐고 말해주고 싶지? 그래, 네 말이 다 맞다. 그러나 너도 한번 뒤돌아보아라. 피부색보다 더 연한 정치색

이 다르다고. 아직도 사람이 사람을 패서 죽이고 있다. 물통에 머리도
쑤셔박고 있다.)

누가 오래된 우리의 빈센트를 죽였나.

4. 추억의 자유

테오야, 나는 완전한 자유인이고 싶었다.
그래서 나는 젊은 날에 길을 떠났다.
자유인은 외로울 수밖에 없는 것을 알았다.
자유의 이름을 부를 때 나는 혼자였다.

테오야, 자유는 내게 유일한 가능성이었다.
자유인은 간섭하지 않고 구속되지 않는다.
나는 더 이상 수갑을 차고 싶지 않았다.
나는 누구의 이름도 부르지 않았다.

핑계는 대지 않겠다.
요즈음은 해가 한꺼번에 열 개도 보인다.
몇 개의 해가 몸 흔들면서 말하는 소리도 들린다.
철창문 사이로 보이는 넓은 들판의 전체가
낮에도 밤에도 쉴새없이 날아다닌다.
신명나는 춤이 내 몸을 뜨겁게 달군다.
너에게도 보여주고 싶다.
하늘이 줄줄이 들판에 내려오고
나무와 들풀과 구름이 서로 몸을 감아대며 운다.

테오야, 내 말을 잘 들어다오.
어쩌면 나는 고향에 돌아가지 못할지 모르겠다.
정신병원의 무너지는 건물이 나를 붙잡고 놓지 않는다.
나도 고향에서 너와 함께 한번쯤 살고 싶었다.

감자를 깎던 고향 사람들이 그립다.
그러나 나는 완전한 홀란드의 구호가 낯설고
휘두르는 정의의 각목도, 단호한 함성도,

내가 혼자 익혀온 열병 같은 춤과는 바꿀 수가 없다.

테오야, 내가 가는 길은 아직도 멀고 힘들다.
나는 자주 저 소리치는 풀숲에 섞이고 싶다.
저 숲에서 드디어 내 조용한 저녁을 맞고 싶다.
끝없이 꿈을 꾸면서 쉬고 싶다.
자유의 진한 냄새가 또 나를 오라고 부른다.

네 개의 다른 제목으로 구성된 이 시는, 3번 '중국인 빈센트'를 먼저 쓰기 시작하면서 완성되었다. 나머지 세 편은 19세기의 유명한 화가 빈센트 반 고흐의 광적인 생의 에피소드로 엮어진 것이다. 금방 알 수 있다시피, 이 시는 다른 시대와 다른 배경을 지녔지만 공통적으로 이국에서 힘든 생활을 했던 인간들의 삶에 대한 것이다. 물론 빈센트라는 이름도 공통점이다. 거기에 내 삶을 대입해보고 동일시해보고 확인해보려는 의도가 도사리고 있다.

이 시는 1989년이나 1990년에 쓴 것이다. 이때에 벌써 미국의 자동차 산업이 사양길에 접어들었던 것인지 미국 자동차 생산의 중심이었던 디트로이트 시의 어느 허술한 술집에서 살인 사건이 일어났다. 술 취한 백인이 같은 술집에서 술을 마시고 있던 중국인을 별 이유 없이 몽둥이로 머리를 쳐 죽인 것이다. 이 백인은 그 얼마 전 자동차 회사에서 해고를 당했고, 그것은 그때를 즈음해 미국에 쏟아져 들어온 수많은 일본 차 때문이라는 설명을 들었다고 한다. 그리고 바로 그 울분을 푼다고 술을 마시던 차에 술집에 온 동양인을 보았고, 잔뜩 취한 김에 그 동양인을 일본인으로 생각하고 죽인 것이다. 그러나 그 문제가 실제로 커진 것은 백인이 동양인을 이유 없이 죽였다는 때문이 아니라, 재판정에서 이 살인자가 술에 너무 취해 실수를 저지른 것이라며 말도 안 되게 가벼운 징역 2년 형을 선고했기 때문이었다. 이 소식이 신문에 보도되자 흥분한 그 근처의 동양인들이 데모를 했고, 우리도 한 시간여를 자동차를 타고 달려가 하루 종일 디트로이트 중심가에 있던 재판소 건물 근처에서 데모를 했다.

그즈음에 나는 한편의 감동적인 영화를 보았는데, 그것은 반 고흐의 일생에 대한 것이었다. 내 기억이 맞는다면 오스트레일리아 영화였을 것이다. 대부분의 줄거리는 벌써 많이 잊었지만, 몇 가지는 생생하게 기억이 난다. 그중 하나는, 두 시간에 가까운 이 영화에서 등장인물들이 처음부터 끝까지 단 한마디의 말도 안 한다는 것이다. 기차가 프랑스의 남부를 지나가고 차창으로 보이는 꽃들이 아름답게 스쳐가고 바람소리나 기차 달리는 소리가 간간이 들리기는 하지만, 영화는 끝까지 단 한마디의 인간의 말을 들려주지 않는다.

1950년대에 커크 더글러스가 고흐의 역할로 나온 영화나, 1990년에 나온 로버트 알트만 감독의 고흐 영화, 또 모리스 피알라 감독의 프랑스 영화도 많이 알려져 있듯이, 고흐는 지난 백 년 이상 전 세계의 대중적 사랑을 받아온 화가이다. 그의 광적인 천재성, 역동적이고 격정적이고 가난과 정신분열적 삶 속에서도 예술만을 위해 순정하게 단 하나의 목숨을 불태웠다고 추앙받는 고흐. 그런 그가 동생인 테오와 교환한 수많은 편지들을 보면, 마흔 살이 넘어가던 삶의 말년에 그가 얼마나 외로워했으며 고국인 네덜란드를 그리워했는지 알게 된다. 그래서 그가 얼마나 극한적인 고통을 참아가며 모든 정성을 다해 예술에 매달렸던 것인지를 알게 된다. 그래서 그즈음 나는 내 피곤하고 외로운 마음을 그에게 모두 고백하고 싶어졌었다.

900백여 점의 유화, 천 점 이상의 데생과 수채화, 8백여 통의 편지, 〈밤의 카페〉, 〈별이 빛나는 밤〉, 〈해바라기〉, 〈아를의 다리〉, 모델 살 돈이 없어서 그리고 또 그린 자화상들…… . 리오 젠슨이 여섯 권으로 출간한, 2천3백 쪽의 방대한 《편지》라는 고흐의 서간집은, 과연 예술가의 삶은 이래야 하겠구나 하는 엄청난 감동으로 내게 읽힌다. 그의 편지 두 구절을 여기에 적어 본다.

지상의 인간은 단순히 행복하라고 만들어진 것도 아니고 그저 정직하라고 존재하는 것도 아니다. 대부분의 인간은 어쩔 수 없이 빠지기 쉬운 비열함이나 야비함을 이겨내고 사회를 위해 우아하고 위대한 것을 만들고 이루어야 하기 때문에 존재한다…… 늙어지고 가난해지고 못생겨지고 병들어갈수록 가장 빛나는 색깔과 눈부신 조화의 그림을 보여주는 것이, 세상에 대한 내 복수가 될 것이다……

북해

드디어 북해의 안개 속에서 만났다.
에든버러에서 북행 기차로 두 시간,
다시 축축한 시외버스를 타고 도착한
북해의 목소리는 물에 젖어 있었다.
안개와 바람에 싸여 세월을 탕진하고
절벽 앞의 바다는 목이 쉬어 있었다.
춥게 오는 바다의 말은 옷 속에 스미고
주름투성이의 파도는 흰 머리를 숙였다.

사방이 깨끗한 조그만 식당 뒤꼍에서
앞치마 두른 처녀애가 들바람같이 웃었다.
세상을 대충 보면서 후회 없이 사는 들꽃,
착해서 눈물 많은 딸 하나 가지고 싶었다.
마을의 들꽃들이 꽃색을 바꾸는 저녁나절,
목소리 죽이고 노래 하나 부르고 싶었다.
내 딸은 또 말도 없이 웃고 말겠지.

문득 어두운 쪽을 감싸안는 저 큰 무지개!

1991년이었던가. 우리는 그해 초봄에 2주간 영국 여행을 했다. 아침 녘에 히드로 공항에 도착해서 짐을 찾아 택시를 타고 호텔로 향했다. 창밖으로 본 고속도로 주변 여기저기에 널린 쓰레기에도 놀라고, 그런 곳곳에 무더기로 보이던 아름다운 노란 수선화도 인상적이었다. 그렇게 해서 런던에서 며칠을 지냈다.

　호텔에서는 은쟁반, 은주전자로 아름다운 찻잔에 정중하게 대접하는 너무나 맛있는 홍차와 과자의 티타임을 즐기고, 도시의 명소를 관광했다. 현지 가이드와 함께 버스를 타고 동쪽으로 로마시대의 관광지였다는 바스 시를 거쳐 기원전 1500년에 만들어졌다는 전설의 스톤헨지를 보았다. 거기로부터 북쪽으로 가서, 웨일스의 묘한 언어와 시인 윌리엄 워즈워스가 오랫동안 살았으며 오래된 돌담이 인상적인 윈더미어 마을, 비틀스의 도시인 리버풀과 산업도시 글래스고를 거쳐, 닷새 만에 스코틀랜드의 에든버러에 도착했다. 우리는 한 호텔에 짐을 풀고 고풍스러운 성도 구경하고 깨끗한 인상을 주는 에든버러를 구경했다. 그리고 다음 날, 하루 동안의 자유 시간을 이용해서 몇몇이 기차를 타고 다시 버스를 갈아타고 영국 섬의 제일 북쪽, 북해의 해변에 도착했다.

　대낮인데도 우중충하게 비가 내리던 작은 마을에는 수수한 식당이 있었고 우리 일행은 그곳에 들어가 늦은 점심 요기를 했다. 아마도 감자와 고기를 넣어 만든 무슨 고기 파이였을 것이다. 음식은 영국의 어디를 가나 특별한 인상을 받은 적이 없으니 그날도 뭐 그저 그런 것이었을 것이다. 그런데 음식을 나르고 우리의 잔심부름을 해주던 앞치마를 두른 열대여섯 나이의 금발 처녀애가 얼마나 예쁘고 상냥하던지. 일행 모두가 그런 느낌을 받았겠지만 나는 공연히 내게 더 관심을 주는 듯해서 이름도 묻고 나이도 물었는데 하필이면 이름까지 메기라고 했다. 나는 요즘엔 잘 안 쓰는 네 이름이 예쁘다고 말해주고 〈메기의 추억〉이라는 노래를 안다고 했더니 처녀는 자기도 그 노래를 안다며 외국 사람, 더구나 유일한 동양인인 내게 상당한 호기심과 흥미를 보였다.

이렇게 해서 〈북해〉라는 시가 만들어졌다. 혹시 시의 첫 줄에서 내가 "만났다"고 한 대상이 무엇이었을지 누가 짐작을 할 수 있을지 모르겠다. 사실 나는 그 대상을 수수께끼같이 만들어보려고 했지만 아직껏 아무도 그것을 흥미롭게 내게 물어온 사람은 없었다. 그렇다, 그 대상은 바로 그 처녀아이였다. 나는 그때 엉뚱하게도 미소가 예쁘던 그런 딸을 하나 간절히 가지고 싶었다. 그 딸과 함께 여행도 하고 싶었다. 나이가 들어 애인을 가지지 못해서 딸을 찾는 것이 아니냐는 말은 틀린 얘기다. 나는 그때 정말 딸을 가지고 싶었다. 그리고 또 내가 만난 것은 무지개였다. 나는 그 처녀와 무지개를 그곳에서 함께 만났다. 그날 저녁 나는 행복한 마음으로 같은 길을 따라 일행과 함께 에든버러로 돌아왔다. 그리고 오랫동안 그 처녀아이의 밝고 아름다운 미소와 그 아이의 어두운 주위에서 빛나던 무지개를 그리워하며 살았다.

갈대의 피

내가 갈대를 좋아하는 이유는
죽은 듯 살아 있고
살아 있는 듯 몸을 흔들며
죽어 있기 때문이겠지.

죽고 사는 것이 같이 잘 섞여서
죽은 갈대가 산 것과 같이 노래하고
산 갈대가 죽은 갈대를 안고 춤추네.

평생 동안 한눈만 팔고 살면서
몸에서 떨어져나가는 것 다 가게 하고
손 흔들어 보내면서 웃고 있네.

아끼기 때문에 말도 하지 못하고
팔목 한번, 어깨 한번 만지지도 않는구나.
만지고 싶어라, 날아가는 흰 갈대꽃!
매일 흘리는 피도 아무에게 보이지 않네.

무진한 흰 갈대가 아름답게 바람에 흔들리고 있었다. 그 뒤쪽은 아마도 바다였을 것이다. 바닷가를 끼고 달리는 외국의 지방 열차. 계절은 무르익어가는 가을이었다. 죽은 갈대와 살아 있는 갈대를 구분할 수 없었다. 움직이는 것이 다 살아 있는 것은 아니듯, 움직이지 않는 것이 모두 죽은 것도 아니었다.

웃고 울고 혹은 춤추며 지내던 여름이 가고, 가을이 되면 한번쯤 살아온 길을 돌아보고 후회도 하고 그리워도 하는 것이 생명의 자세가 아니겠는가. 모든 것이 날아가버리기 시작하는 가벼운 이 계절, 눈 한번 깜짝하지 않고 움직이지도 않는 연한 보랏빛의 갈대를 보며 나는 당신을 생각했다. 나는 당신이 당신에게 온 공정치 못한 운명을 미워하지도 애태워하지도 못하고 그냥 침묵 속에 세월을 보내면서 단 한 번도 울지 않는 태연한 당신을 이해할 수가 없었다. 모든 것이 운명이라고 체념하는 당신을 이해할 수가 없었다. 당신은 그래도 자주 미소 지었다. 무엇이 당신을 웃게 하는지 알 수는 없었지만 당신의 미소가 가슴 쓰리게 아름답다는 것만은 느낄 수 있었다. 아니다, 쓰린 게 아니고 뜨겁게 타는 느낌이었다. 그런 당신에게 가고 싶었지만 나는 갈 수가 없었다. 당신에게 다가갈 핑계가 없었다. 용기가 없었다고 한마디로 결론을 내린다면 그 말은 맞지 않다. 나는 예의를 지킨 것이었고 당신을 내 몸보다 더 지극히 아끼고 있었다고 말할 수 있다. 내 욕심만 챙기는 것은 비열한 짓이고 쾌락의 비밀에 몸을 감추는 것은 사람답지 못하다고 생각했다. 그렇게 망설이는 동안 당신은 떠났다.

당신이 떠나고 당신에 대한 기억이 희미해갈 즈음 나는 다시 갈대밭에 설 기회가 있었다. 당신이 생각났고 당신의 흐리고 기운 없던 미소가 바람처럼 내게 다가왔다. 갈대는 희미하게 흰 꽃을 날리고 또 날리고 있었다. 그때까지 나는 갈대가 꽃을 피우는 줄도 몰랐고, 그렇게 가벼운 꽃이 날개가 되어 눈에도 보이지 않는 씨를 품고 하늘로 높이 날아오른다는 것도 몰랐다. 나는 왜 내게는 한마디 말도 안 하고 꽃을 피우고 씨를 날리느냐고 힐문하면서 나도 모르는 사이에 잘 뻗은 갈대 한 개를 꺾어버렸다. 곧 내 갑작스런 비열한 행동에 후회가 밀려왔다. 나는 꺾어진 갈대를 내려다보았다. 표정 하나 없이 빈 마음 같던 갈대의 대궁에서 갑자기 붉은 피가 한 방울, 두 방울 흘러내리고 있었다. 나는 어쩔 줄을 모르고 소리를 질렀다.

내게 미리 좀 말해주지 그랬어, 당신도 피를 흘릴 줄 아는 몸이었다는 걸, 오래 기다리는 아픔이 어떤 것인지도 알고 있었다는 걸, 당신도 꽃을 피우고 씨를 맺고 목메이게 사랑할 줄도 아는 몸이었다는 걸, 왜 이제 와서야 내게 이렇게 알려주는 거야. (아, 그런데 그 피는 정말 갈대의 피였을까, 아니면 내가 수십 년 갈대에게 보여주고 싶었던 내 순정한 열망의 피였을까.)

외로운 아들

1

아비는 코리아에서 대학을 나오고
스물 몇 살, 의학 연구랍시고 미국에 왔지.
결혼을 하고 행사처럼 네가 난 거지.
너는 송아지 노래도, 나비야 노래도 잘하더니
학교에 들어가자 일 년도 못 되어 한국말을 끝내버렸어.
친구들 못 알아듣는 말에 한동안 당황해하더니.

국민학교, 중학교, 고등학교 중에
아비는 왔다갔다 한글 학교도 만들고
한글 교사를 초빙해 고개도 많이 숙였지만
너는 뜻도 모르고 읽고, 외마디소리나 할 뿐,
네 할아버지가 쓰신 동화 한 편은커녕
이 아비의 못난 시 한 줄도 이해 못 하면서
학교에서는 인기 있고 똑똑한 동양계 미국인.

고등학교 졸업 때는 이 아비도 자랑스러웠지.

천여 명 학생과 학부형의 극장 무대에서
졸업생 답사를 읽으면서 농담까지 지껄이고
난데없이 학교 밴드는 아리랑을 연주해주고
학부형들 몰려와 축하의 악수와 포옹을 할 때
처음으로 동양인이 이 학교의 일등이라는 말.
텔레비에도 며칠씩 나와 경사가 났다는 말.

2

그렇게 가보고 싶다던 네 뿌리의 고국 방문,
아비가 주선한 졸업 선물의 긴 여행이었지.
그 한 철 고국에서 열심히 한글을 배우고
한국의 역사에도 흥미가 많아졌다며
자랑스럽게 처음 보는 고국에 감격해하더니
석 달 만에 너는 풀죽은 배추가 되어 돌아왔지.
얼굴의 상처보다 마음에 난 상처가 더 컸겠지.
데모의 뜻도 모르고 최루탄 연기만 피해다니다가

데모에 참석하지 않는 놈은 사내도 아니라고
자기 나랏말도 제대로 모르는 놈은 바보놈이라고
너만한 대학생에게 욕먹고 돌팔매를 맞은 후
멋쩍게 웃는 네 외로움을 어떻게 달랠 수 있겠니.

민중의 노동자가 아니면 매판 자본가가 쉽게 되는 시대,
돌팔매질에 앞장서야 광이 나는 한 판과
최루탄 수없이 쏘아대는 딴 극단의 한 판,
그사이에 보이는 어려운 방정식의 날들을,
고국의 어려운 곡예의 높이를 내가 뭘 알겠니.
너는 그래서 속한 곳이 없는 것을 알게 되었지.
때때로 자랑스럽고 좋아서 미치는 조국,
미우면 돌팔매질하고 눈물도 흘리는 조국,
그런 감정의 조국이 없다는 것을 알게 되었구나.
대학에 가서는 동양계 학생과 친해지고
숨어서는 한글 교과서를 열심히 읽는 얼굴,
아비에게 들켜서는 가늘게 웃는 상처의 얼굴.

3

아들아, 너는 오늘도 떠나는구나.
무한정의 하늘을 향해 떠나는구나.
날아라, 피터 팬같이 밤에는 별 사이를 지나서
서로 헐뜯지 않고, 서로 칭찬하는 나라,
끼리끼리 좋아하는 이론의 나라가 아니고
너그러운 나라, 따뜻한 마음의 나라를 보아라.
비가 억수로 퍼붓는 밤에도, 언제나
꿈의 피터 팬은 날을 수 있어야 한다.
겨울의 창밖도 보아라, 네 나라가 보인다.

춥고 어둡고 지쳐서 기운이 다 빠지면
그래, 이 아비가 비밀 하나를 가르쳐주마.
아비가 어릴 적 가슴 졸이며 주저하기만 하던
부드럽고 착하던 명륜동, 혜화동의 처녀들,
창신동이든 창천동이든, 나도 모르는 강남의 어디든
그 처녀들 이제 다 시집가서 풍성히 키우는 딸들,

그렇게 잘 자라는 처녀를 꼭 하나 잡도록 해라.
애걸을 해서라도, 평생을 지내자고 해라,
같은 핏줄이라는 게, 풍습이라는 게 그게 참, 무언지.
그래야 네 눈에 보이는 외로움을 우선 가시게 된다.
그러나 나라보다 더 크고, 넓고, 푸른 곳이라며
하늘을 향해 다시 날아오르는 외로운 새처럼.

이 시를 썼던 1980년대 중반에 고등학교를 졸업한 '외로운 아들'은 지금 미국의 안과의사로 활동하고 있다. 유명 대학병원에서 교수직을 맡고 있는 아들은 상당한 연구 실적 때문인지 거의 반년 정도 세계를 돌아다니며 여러 나라에서 강의하고 고국의 안과학회에서 불러주면 자주 고국을 방문해 안과학회나 대학에서 강의한다.

아들은 이 시에서와 같이 고등학교를 졸업하고 몇 달 고국 방문을 했었고, 아이비리그 중의 하나인 다트머스라는 대학에 들어갔다. 그런데 입학 후 점점 학교성적이 나빠지더니 급기야 3학년 여름방학 기간에는 우리와 긴히 면담할 것이 있다며 다니던 학교를 쉬고 한 6개월쯤 고국에서 살게 해달라고 청해왔다. 학교를 당분간 그만두고 아비의 고국인 한국에서 한동안 살고 싶다는 황당한 요청은 자기의 뿌리 찾기이며 정체성 찾기라는 말에 감동했고, 그것이 호소력 있게 느껴져서 근심을 감추고 허락해주고 말았다. 그간의 숙식을 책임져주겠다고 약속도 했다. 그런데 그렇게 고국을 방문한 아들은 그 후 6개월이 아니라 1년 6개월을 계속 고국 생활을 재미있게 하다가 돌아왔다. 물론 6개월이 지나자 우리는 걱정이 되어 더 이상 생활비를 보태줄 수 없으니 돌아와 대학을 마저 끝내라고 종용했지만 아들은 내 말을 듣지 않았다. 아들은 한국어에 제법 능통해져서 어느 큰 회사에서 사원들에게 영어를 가르치며 하숙비를 벌었고, 우리는 대학을 졸업하지 못한 아들을 가지게 된 것이 내가 아들을 고국에서 키우지 못한 때문이라고 뒤늦은 후회를 하고 있었다.

1년 반 만에 귀국한 아들은 우리가 생각했던 것과는 달리 전보다 매사에 적극적이고 자신만만한 태도를 보였다. 아들은 대학에 돌아가서 아주 좋은 성적을 내기 시작했다. 그리고 얼마가 지난 후 자기가 성적을 잘 받고 학부를 졸업한 후 좋은 성적으로 메디컬 스쿨에 입학하면 자기의 청을 하나 들어달라고 했다. 그 청이란 자기가 고국에 사는 동안 한 여학생을 사귀었는데 그 아가씨를 미국에 초청해달라는 것이었다. 결혼을 전제로 한 초청이라 관심을 안 가질 수 없었지만 아가씨의 객관적인 조건은 우리를 실망시키기에 알맞았다. 아가씨의 부모는 큰 교통사고 끝에 그녀가 열두 살 정도일 때 두 분 다 돌아가셨고, 그녀는 그 후 언니들의 보호 아래에서 자랐다. 여러 가지 경제적 여건도 좋지 않아 지방에서 초급 대학까지 공부를 했고 서울의 어느 여자대학 기숙사에서 일하고 있었다. 한 가지 좋은 점이라면 그 대학의 교수로 오래 봉직하신 내 어머니가 여자의 직속상관인 기숙사 사감과 오랜 친구 사이였고, 그분께 알아보니, 아가씨가 착하고 책임감이 강하고 매사에 열심이어서 외적 조건에 연연하지 않는다면 좋은 며느리가 될 수 있을 거라는 말씀을 전해주셨다.

결국 우리는 아가씨를 만났고 그녀에게 우리가 학비를 책임져줄 테니 미국서 대학공부를 하라, 둘이 다 공부를 해야 할 나이니 결혼은 몇 년 후로 미루자고 약속했고 그녀는 수속을 마치고 미국에 와 우리와 함께 살기 시작했다. 그리고, 두세 번의 실패 후 토플 영어시험에 합격하고 같은 동네의 대학에 편입학하여 공부를 시작했다. 우리의 큰 우려를 씻어준 것은 그녀가 대학을 다니면서 보여준 엄청난 근면과 끈질김이었다. 우리는 거의 매일 새벽 한두 시까지 학교 공부에 정성을 다 쏟는 그녀에게 감동했고, 낯설고 물선 이국땅에서 외로움을 이겨내고 비록 좋은 점수는 아니지만 한 번의 실수도 없이 대학의 학점을 따내는 열성에 감동하게 되었다. 부모님을 일찍 여읜 것이 어찌 그녀의 탓이랴, 살아가기 힘들어 가방 끈이 짧은 것이 어찌 그녀의 탓이랴. 결국 몇 해 후, 아들과 그녀는 졸업을 코앞에 두고 결혼을 하였다. 서로 살고 있는 곳이 멀어 우리는 1년에 서너 번밖에 만나지 못하지만 둘은 우리에게 늘 고마워하며 아들 딸 낳고 사이좋게 열심히 살고 있다. 결혼 후 주위의 내 친구들은 이구동성으로 아들 부부를 칭찬하면서 처음에는 며느리가 재수 좋은 신데렐라라고 생각했는데, 사는 모습을 보니 사실은 좋은 마누라를 얻은 당신 아들이 재수가 좋았다고 해서 우리를 기분 좋게 만들어주기도 했다.

이제 내게 이 아들 부부에 대한 불만을 말해보라면, 둘이 모두 문학에는 취미가 없어서인지 제 아비의 시에 대해 아는 것도 없고 알고 싶어 하지도 않고 관심도 없다는 것이다. 하기야 아비의 시에 관심이 없고 읽지 않기는 지눌 선사를 아직도 좋아하는, 변호사가 된 둘째나, 미국서 권투시합 중 뇌진탕으로 죽은 김득구 선수의 죽음을 아직도 애도하는, 사업가가 된 셋째 아들도 마찬가지다. 시를 이해할 정도의 모국어 실력이 없는 것이 첫째 이유겠지만 영어로 번역된 내 시집이 뒤늦게 출간되어 쥐여주어도 관심이 전혀 없기는 마찬가지. 한동안은 나도 실망을 좀 했지만, 따지고 보면 미국이란 나라에서 아이를 키운 내가 잘못이지 이제 와서 누구를 원망할 수 있을 것인가 하는 생각이 들었다. 그저 아무 탈 없이 잘 자라준 것만 고맙게 생각하자는 결론에 도달하게 된 것이다. 그러기에 아직도 시 쓰기와 시 읽기를 고상하고 품위 있는 일로 치부해주고 있는 내 고국, 그 틈새에 끼여 내 시까지 좋아해주는 고국의 몇몇 독자들을 늘 고마워하며 또 그리워하며 살고 있다. 그런 고국을 어찌 꿈속에서라도 사랑하지 않을 것이며 골마다 살가운 정을 느끼지 않고 살아갈 수 있으랴.

물빛1

　내가 죽어서 물이 된다는 것을 생각하면 가끔 쓸쓸해집니다. 산골짝 도랑물에 섞여 흘러내릴 때, 그 작은 물소리를 들으면서 누가 내 목소리를 알아들을까요. 냇물에 섞인 나는 물이 되었다고 해도 처음에는 깨끗하지 않겠지요. 흐르면서 또 흐르면서, 생전에 지은 죄를 조금씩 씻어내고, 생전에 맺혀 있던 여한도 씻어내고, 외로웠던 저녁, 슬펐던 앙금들을 한 개씩 씻어내다보면, 결국에는 욕심 다 벗은 깨끗한 물이 될까요. 정말 깨끗한 물이 될 수 있다면 그때는 내가 당신을 부르겠습니다. 당신은 그 물 속에 당신을 비춰 보여주세요. 내 목소리를 귀담아 들어주세요. 나는 허황스러운 몸짓을 털어버리고 웃으면서, 당신과 오래 같이 살고 싶었다고 고백하겠습니다. 당신은 그제서야 처음으로 내 온몸과 마음을 함께 가지게 될 것입니다. 누가 누구를 송두리째 가진다는 뜻을 알 것 같습니까. 부디 당신은 그 물을 떠서 손도 씻고 목도 축이세요. 당신의 피곤했던 한 세월의 목마름도 조금은 가셔지겠지요. 그러면 나는 당신의 몸 안에서 당신이 될 것입니다. 그리고 나는 내가 죽어서 물이 된 것이 전연 쓸쓸한 일이 아닌 것을 비로소 알게 될 것입니다.

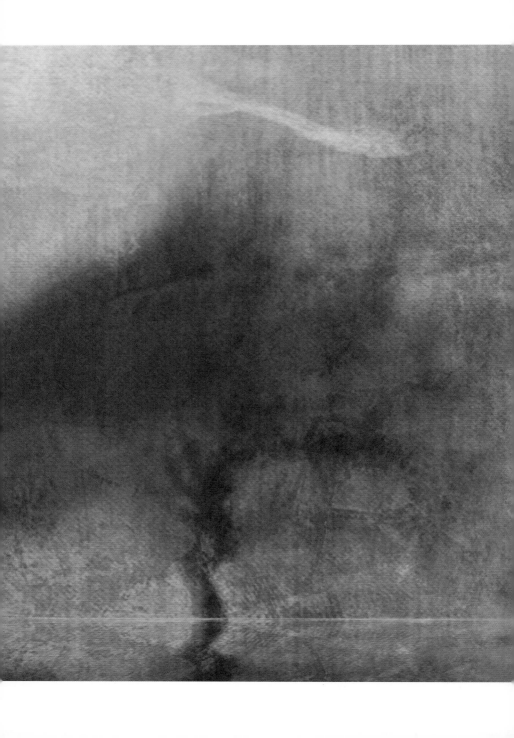

김현준 신부님, 안녕하십니까? 저는 신부님을 한 번도 뵙지 못했고 어디에 사시는지도 모르고 있습니다. 누군가로부터 춘천교구의 어느 시골 성당, 속초든가, 강릉 근처의 작은 마을 성당에 사신다는 말을 전해들은 적은 있습니다. 그것도 벌써 오래전이네요. 10년은 족히 되었을 그 오래전, 제 친구 하나가 신부님이 어느 종교 신문에 쓰신 칼럼 글을 보내주어 읽은 적이 있습니다. 그 글에는 바로 이 시의 전문이 실려 있었고, 당신이 신부님이 되신 후 몹시도 목마른 시절을 지내다가 어떤 계기로 이틀간 이 시를 읽고 그 목마름을 완전히 해결할 수 있었다는 신부님의 글이 있었습니다. 그 후 사제 생활을 행복한 마음으로 수행하고 있다고 말씀하신 내용도 함께였습니다. 물론 그 목마름은 영성적 목마름이었고 그 물을 마시고 갈증이 완전히 가셨다는 것도 믿음의 해갈이었겠지만 이 시가 신부님이 느꼈던 물의 역할을 정확히 설명했다는 글을 읽고 혼자 감동한 적이 있습니다. 영성적인 해갈을 도울 수 있는 물에 대해서 제가 시를 썼다니요.

　우리는 가끔 죽음에 대한 묵상을 하게 됩니다. 그 죽음이 쓸쓸하지 않을 수도 있다는 확신은 우리를 기쁘게 합니다. 그러나 그 확신은 따뜻한 인간관계가 있는 곳에서만, 그런 인간과 인간 사이에서만 가능한 것입니다. 이 사실은 우리를 긴장하게 합니다. 기름 바른 매끈하고 원활한 인간관계가 아니라, 나에게 특별한 관계로 이어지고 나에게 완전한 신뢰와 믿음을 주며, 변함없는 기쁨과 희망을 주는 관계에서만 우리의 죽음은 결코 쓸쓸하지 않고 넘치게 풍족할 수 있는 것입니다. 나는 그런 기쁨을 그려보고 싶었습니다. 내가 가지고 있는 그런 기쁨과 흡족한 심경을 보여주고 싶었습니다. 죽음이 우리를 영원히 이별하게 할까요? 그렇지 않다고 생각합니다. 언제인지는 기억나지 않지만, 나는 그 답을 매우 절실하게 느낀 적이 있습니다.

우화의 강 1

사람이 사람을 만나 서로 좋아하면
두 사람 사이에 물길이 튼다.
한쪽이 슬퍼지면 친구도 가슴이 메이고
기뻐서 출렁거리면 그 물살은 밝게 빛나서
친구의 웃음소리가 강물의 끝에서도 들린다.

처음 열린 물길은 짧고 어색해서
서로 물을 보내고 자주 섞여야겠지만
한세상 유장한 정성의 물길이 흔할 수야 없겠지.
넘치지도 마르지도 않는 수려한 강물이 흔할 수야 없겠지.

긴말 전하지 않아도 미리 물살로 알아듣고
몇 해쯤 만나지 못해도 밤잠이 어렵지 않은 강,
아무려면 큰 강이 아무 의미도 없이 흐르고 있으랴.
세상에서 사람을 만나 오래 좋아하는 것이
죽고 사는 일처럼 쉽고 가벼울 수 있으랴.

큰 강의 시작과 끝은 어차피 알 수 없는 일이지만
물길을 항상 맑게 고집하는 사람과 친하고 싶다.
내 혼이 잠잘 때 그대가 나를 지켜보아주고
그대를 생각할 때면 언제나 싱싱한 강물이 보이는
시원하고 고운 사람을 친하고 싶다.

이 시는 내 시들 중에 제일 많이 읽히는 시다. 시가 쉬워서 그런 것인지 우정을 다룬 시여서인지 따뜻한 느낌이 들어서 그런지 확실히 알 수는 없지만, 많은 분들이 내 대표작이란 말까지 공공연히 할 때면 나는 좀 무안한 마음이 든다. 나는 이 시를 1989년인가에 발표했다. 서울의 한 시인 친구가 주선해 처음 들어보는 잡지사에 준 것이어서 나는 아직도 그 잡지 이름을 기억하고 있다. 사실 나는 이 시를 친구에게 보내면서 좀 머뭇거렸다. 왜냐하면 이 친구는 상당히 어렵고 훌륭한 시를 쓰는데 이렇게 쉬운 시를 보면 출판사에 주기가 좀 민망하지 않을까 하는 생각이 들어서였다.

그런데 이 시는 처음부터 주목을 많이 받았다. 많은 잡지에서 재수록을 요청하였고 이 시에 관한 뒷이야기를 많이 부탁 받기도 하였다. 좀 길기는 하지만 여기에 내가 이 시에 대해 주섬주섬 쓴 글 일부를 소개해본다. 꼭 이 시에만 관한 이야기라기보다는 내가 생각해온 시에 대한 일반적인 의견이라고 보는 것이 옳을 것이다.

몇 해 전 내가 좋아하는 화가 장 뒤뷔페Jean-Philippe-Arthur Dubuffet (1901~1985)의 특별 전시회에 가서 그가 그려서 직접 책으로 묶은 《메트로》라는 작은 만화책을 보고 엄청난 감동을 받은 적이 있었다. 암, 만화책도 만들 줄 아는 화가가 될 수 있어야지, 하는 치기 어린 감동뿐만 아니라 간단하고 재미가 솔솔 나는 만화 속 인물들의 천태만상에

쏙 빠져들었다. 그 단순한 표정과 어색한 제스처에서 보이는 지극한 슬픔, 불안, 무관심, 엉뚱함 같은 것들이 가슴을 서늘하게도 하고 눈물 나게도 해주었던 것이다. 누워 있는지 서 있는지 분간할 수 없는 자세로 팔뚝의 힘을 자랑하는 분홍 빛깔의 나체, 〈승리와 영광〉 같은 그림, 아주 작아서 보일 듯 말 듯한 아름다운 몸으로 세상을 헤매어 다니는 〈길 잃은 염소〉, 아니면 진짜 흙을 그대로 짓이겨서 붙여놓은 〈지구의 열매〉, 진흙과 모래가 화폭에 말라붙어서 굉장히 무겁게 보이던 색깔 없는 그림의 그 색.

그 뒤뷔페는 시치미를 떼고 1960년대에 이렇게 말하고 있었다.

"나는 평범한 보통 사람들의 상상력을 발견하고 싶다. 평범한 사람들의 정신의 축제에 참가하고 싶다. 예술은 눈이나 귀로 얘기하고 보고 읽는 것이 아니고 마음에서 마음으로 이야기할 수 있어야 할 것이다."
"서양 문화는 잘 다듬어진 사상을 존경하고 분석을 즐긴다. 서양 문화는 쓰인 언어에 대한 과다한 신용을 바탕으로 하고 그것을 해석하고 다듬어내는 능력에만 온 힘을 경주하고 있다. 나는 벌거벗은 예술, 어린아이들이나 원시적인 본능의 시각의 예술을 보여주고 싶다. 가장 간단하고 가장 평범한 대상이 내게는 가장 두드러지게 보이고 또 나를 황홀하게 한다."

나는 계속해서 더 쉽고 간단한 시를 쓰고 싶다. 그래서 가끔은 이해하기 어렵고 받아들이기 어려운 세상살이에서 이해하기 쉽고 받아들여지기 쉬운 시, 있는지 없는지조차 잘 분간되지 않는 '있는 것'이 되고 싶다. 무공해 공기나 돌멩이같이 예쁘지 않아도 확실한 시를 쓰고 싶다.

고국을 떠나 살고 있는 사람이 다 그렇겠지만 내 글에서의 상대방은 그것이 너든 당신이든 그대든 나무든, 결국은 내 고국, 고국의 땅, 고국의 인정 같은 것으로 그 의미가 전해졌으면 하는 바람이 항상 마음 밑에 버티고 있다. 내가 아직도 시를 쓰고 있는 연유도 사실은 그런 인연에 연연하는 작은 몸부림을 완전히 털어버리지 못하고 있기 때문이리라.

과수원에서
눈 오는 날의 미사
보이는 것을 바라는 것은
　희망이 아니므로
방문객
담쟁이 꽃
박꽃
이 세상의 긴 강
이슬의 눈
섬
별, 아직 끝나지 않은 기쁨

4

그래서 나는 강이 되었다

과수원에서

시끄럽고 뜨거운 한 철을 보내고
뒤돌아본 결실의 과수원에서
사과나무 한 그루가 내게 말했다.
오랜 세월 지나가도 그 목소리는
내 귀에 깊이 남아 자주 생각난다.

—나는 너무 많은 것을 그냥 받았다.
 땅은 내게 많은 것을 그냥 주었다.
 봄에는 젊고 싱싱하게 힘을 주었고
 여름에는 엄청난 꽃과 향기의 춤.
 밤낮없는 환상의 축제를 즐겼다.
 이제 가지에 달린 열매를 너에게 준다.
 남에게 줄 수 있는 이 기쁨도 그냥 받은 것.
 땅에서, 하늘에서, 주위의 모두에게서
 나는 너무 많은 것을 그냥 받았다.

—내 몸의 열매를 다 너에게 주어
 내가 다시 가난하고 가벼워지면

미미하고 귀한 사연도 밝게 보이겠지.
그 감격이 내 몸을 맑게 씻어주겠지.
열매는 음식이 되고, 남은 씨 땅에 지면
수많은 내 생명이 다시 살아나는구나.
주는 것이 바로 사는 길이 되는구나.

오랜 세월 지나가도 그 목소리는
내 귀에 깊이 남아 자주 생각나기를.

이 시는 내가 중학생 시절, 대구 근교의 넓은 사과 과수원에 살던 가까운 친구 집에서 며칠을 지낸 기억을 배경 삼아 쓴 것이다. 잠언같이 치기어린 내용이 너무 서술적이고 시적 긴장감이 떨어진다는 생각도 들었지만, 내 이야기를 날것 그대로 전달하고 싶어 평이하고 투박하게 호소해보았다. 때로는 거친 표현이 강한 인상을 남길 수도 있다는 계산까지 하면서.

나는 내 시가 내 독백이고 주장이고 진심이고 노래이기를 간절히 원하면서 한 편의 시를 쓴다. 나는 내 시가 내 옷이 아니고 훈장이 아니고 군마가 아니고 명예가 아니기를 바란다. 사람이라면 그런 외관의 욕심이 없을 수 없겠지만 그래도 내가 꿈꾸는 시인의 모습은 그런 것이 아니다. 오래전 고향을 떠난 나그네가 옛 집터를 서성이며 뒤뜰의 들꽃 한 송이에 마음을 주듯, 누군가 내 진심의 목소리에 귀를 기울이리라는 기대가 있기 때문이다.

이 시는 내가 문학잡지에 발표하기를 망설인 몇 편의 시 중의 하나이다. 물론 망설인 원인은 화려한 표현기교나 문학적 지식으로 무장한 시인에게 '무식하다'는 한마디로 매도당할 정도로 직설적이며, 정교한 표현이 제거된 날것의 상태였기 때문이다. 그러나 나는 시를 발표했다. 결과는 예상했던 대로였다. 내가 만일 문학으로 훈장을 받기 원했다면 이런 시를 발표하지 않았을 것이다. 그러나 다행히도 나는 훈장과는 지리적으로 좀 먼 곳에 살았다. 그래서 그런 유혹의 단맛에 익숙하지 못한 점도 조금은 도움이 되었을 것이다. 나는 그저 세상을 향해 내가 하고 싶었던 말을 시라는 도구를 통해 힘껏 외쳐보고 싶었고, 남의 눈치 보지 않고 그 일을 행했다.

요즘 주목받고 있다는 고국의 현대시를 보면 많은 경우 내용 없는 과시와 허세가 자주 보인다. 전쟁의 횡포와 무자비함을 모르는 시인들이 새로운 구경거리라도 내보이듯 일부러 잔인하고 살벌한 내용을 흩어놓고 무언가 아는 척하는 것을 자주 본다. 부패한 시체를 한번 보지도 못하고 곁에서 잠시 그것을 만져보지도 못한 시인이, 썩은 피고름 냄새를 맡아보지도 못한 시인이, 가장 그로테스크한 단어 찾기에 혈안이 되어 더 더럽고 냄새나고 혐오감을 주는 것만을 목적으로 하는 서술과 단어를 늘어놓고서 현란하고 화려한 시라고 주장하는 것도 본다. 그러나 관심이 있다면 눈을 돌려 주위를 잠시 돌아보라. 세상은 시에서까지 그런 냄새와 불쾌감을 쏟아내지 않아도 썩고 더럽고 추하다. 상상의 세계와 현실이 다르다고 해도, 그런 시를 써야만 하는 의도가 과연 무엇인지 모르겠다. 로렌크란츠의 추함의 형상화 이론을 실천해 보이기 위해서인가, 현대화가의 신표현주의의 수호자가 되기 위해서인가. 그렇게 해서 평생을, 신선하고 독창적인 예술에 대한 열정을 한갓 시들어 가는 문학이론에 다 소비해버리겠다는 것인가. 그렇다면 시인은 과연 어디에서 진정성과 의미를 찾을 것인가.

전위적인 시인에 대한 영웅 대접은 오래가지 않는다. 미혹의 시대는 오래가지 않는다는 것을 우리는 알지 않는가. 그러나 오래도록 좋은 시인이 되고자 한다면 꼭 알아야 할 것이 있다. 인간이 언제까지나 추하고 무자비하고 냉혹하고 더러운 것만을 좋아하지 않는다는 단순한 사실이다. 미추의 이론은 아름다움을 한층 더 밝히는 방향에서 끝나면 된다. 아니면 시는 그만큼 냄새나는 시궁창으로 쓸려 내려갈 것이다. 그리고 세상이 정신적으로 궁핍해갈수록 그 과정은 더욱 빠르게 진행될 것이다.

눈 오는 날의 미사

하늘에 사는 흰옷 입은 하느님과
그 아들의 순한 입김과
내게는 아직도 느껴지다 말다 하는
하느님의 혼까지 함께 섞여서
겨울 아침 한정 없이 눈이 되어 내린다.

그 눈송이 받아 입술을 적신다.
가장 아름다운 모형의 물이
오래 비어 있던 나를 채운다.
사방을 에워싸는 하느님의 체온,
땅에까지 내려오는 겸손한 무너짐,
눈 내리는 아침은 희고 따뜻하다.

눈 오시는 겨울 아침, 미사에 참석했다. 미사가 끝나고 밖에 나오니 그사이 함박눈으로 변한 눈이 축복처럼 온 세상을 희게 덮고 있었다. 눈을 맞으며 길을 걷다가 문득 이 눈이 하늘의 축복을 전해주고 있다는 생각이 들었다. 삼위일체이신 성부와 성자가, 이 땅에 있는 우리에게 깨끗하고 아름다운 풍경을 보여주는 이 값진 순간. 입을 벌려 눈을 받아 먹으며 하느님이 눈꽃의 모습으로 성령을 보내시고 있음을 느꼈다. 지극히 높으신 분이 하늘을 무너뜨리고 더러운 이 땅에까지 내려와, 흰 빛의 눈으로 천지를 깨끗이 하고 있는 모습이 아닌가. 성령의 눈꽃이라니! 이것이야말로 겸손의 참모습이 아닌가. 그렇다. 겸손은 하느님을 받아 가슴에 모실 수 있는 인간이 가져야 할 가장 기초적이고 필요한 조건이다. 자기를 죽이는 이 하얀 하느님의 겸손을 보라. 하느님을 느낄 수 없다며 의심하는 사람의 겉치레 예절 같은 겸손은 가지고 있을지 몰라도 진정한 겸손의 의미는 잘 이해하지 못하고 있다.

내 믿음이 아직도 나약해 세상적인 유혹에 자주 흔들리기 일쑤지만, 우리를 끝없이 용서하시는 하느님의 사랑의 입김은 내게 새로운 용기를 준다. 최후의 만찬에서 제자들에게 "이는 내 몸이다, 이것을 받아먹으라"고 하신 예수님의 그 말씀을 따라 미사 중에 성체를 내 몸에 모시듯이, 나는 눈 오시는 아침, 들뜬 마음으로 아름다운 육각형의 눈꽃을 받아먹는다.

보이는 것을 바라는 것은
희망이 아니므로

경상도 하회 마을을 방문하러 강둑을 건너고
강진의 초당에서는 고운 물살 안주삼아 한잔 한다는
친구의 편지에 몇 해 동안 입맛만 다시다가
보이는 것을 바라는 것은 희망이 아니므로,
향기 진한 이탈리아 들꽃을 눈에서 지우고
해 뜨고 해 지는 광활한 고원의 비밀도 지우고
돌침대에서 일어나 길떠나는 작은 성인의 발.
보이는 것을 바라는 것은 희망이 아니므로,
피붙이 같은 새들과 이승의 인연을 오래 나누고
성도 이름도 포기해버린 야산을 다독거린 후
신들린 듯 엇싸엇싸 몸의 모든 문을 열어버린다.
머리 위로는 여러 개의 하늘이 모여 손을 잡는다.
보이는 것을 바라는 것은 희망이 아니므로,
보이지 않는 나라의 숨, 들리지 않는 목소리의 말,
먼 곳 어렵게 헤치고 온 아늑한 시간 속을 가면서.

이 시의 제목은 신약성경 중 사도 바울이 로마의 신자들에게 보낸 서간, 로마서의 8장 24절에 있는 구절이다. 말 그대로 눈에 보이는 것을 가지려고 하는 것은 희망이라고 부를 수 없다. 희망이라는 것은 그 목표물이 적어도 가시적인 것이 아니다. 성경에서는 이 희망이란 것이 구원으로, 희망은 눈에 보이지 않으므로 인내심이 필요하다고 가르쳐주고 있다.

그러나 내 경우, 이 시를 쓰게 된 직접적인 이유는 다른 통로를 거친다. 고국의 많은 것을 그리워하며 안타까워하고 있던 시기의 어느 날, 나는 신약성경을 읽고 있었다. 그리고 이 로마서를 읽던 중 보이는 것을 바라는 것은 희망이 아니라는 구절을 읽게 되었다. 문득, 고국은 내 눈에 지금 안 보이는 곳이니 오히려 내가 희망하고 바라는 대상이 될 수가 있겠구나 하는 생각이 들었다. 고국은 이렇게 거의 내 평생의 대부분의 시간에서 사고의 중심이었다. 그러나 그 대상의 특징은 이상하기만 했다. 그것은 내 것이면서 볼 수가 없고, 내 밑둥치 근본이면서도 만질 수가 없었다. 나와 가장 가까운 존재이면서도 지금 어떻게 생겼는지 무슨 생각을 하고 있는지 아무것도 알 수가 없는 존재였다. 나는 그런 괴상한 존재인 조국과 평생을 씨름하면서 아끼면서 살아온 것이다.

만약에 내가 고국에 살고 있어서 매일 볼 수 있다면 고국은 내 희망의 대상이 될 수 없겠구나, 지금은 안타깝게도 어디서고 볼 수 없으니까 내 희망이 될 수 있고 그래서 고국은 내 피붙이도 되어준다는 것이

구나, 하는 생각에서 이 시는 만들어졌다. 보이지 않는다는 그 사실 하나만으로도 나는 얼마나 단숨에 부자가 되는 것이냐. 희망은 진정 기차를 타지도 않고 비행기를 타지 않아도 아무 데나 갈 수 있고 아무 데나 가서 살 수가 있다. 그래서 희망은 곧 자유를 선물로 주는구나. 그리고 그 자유 때문에 희망은 내게 구원이 되어주는구나. 이렇게 성경은 내게 모든 답을 한순간에 펼쳐 보여주었다. 나는 행복했다. 이 시는 내가 이제 자유롭다는 그 행복한 느낌 하나로 만들어졌다.

나는 우선 내가 존경하는 성인의 뒤를 쫓아갔다. 이탈리아의 움브리아 고원지대, 맨발의 헐벗은 성인을 만나고 그분의 어깨에서 쉬고 있는 새들을 만나 그들의 말소리를 모두 알아들었다. 내가 새들과 말을 나누는 것이 하나 이상하지 않다는 것도 한참 후에야 느낄 수 있었다. 보이지 않는, 그래서 한없이 가까운 당신과 함께 어렵게 이승의 숲을 헤치고 온 사연을 나누며 아늑한 시간을 함께 가지는 이 행복을, 나는 혼자서 숨기고 살 수가 없었다.

방문객

무거운 문을 여니까
겨울이 와 있었다.
사방에서는 반가운 눈이 내리고
눈송이 사이의 바람들은
빈 나무를 목숨처럼 감싸 안았다.
우리들의 인연도 그렇게 왔다.

눈 덮인 흰 나무들이 서로
더 가까이 다가가고 있었다.
복잡하고 질긴 길은 지워지고
모든 바다는 해안으로 돌아가고
가볍게 떠올랐던 하늘이
천천히 내려와 땅이 되었다.

방문객은 그러나, 언제나 떠난다.
그대가 전하는 평화를
빈 두 손으로 내가 받는다.

병원의 8층 병실에 올라가 당신을 만났습니다. 많이 아픈 모습이었지만 반겨주는 연한 미소가 오히려 마음을 아리게 했습니다. 우리가 무슨 특별히 나눌 말이 크게 있을 리는 없지요. 조용한 병실에서 너무나 상식적인 말을 천천히 나누었지만 그 중간 중간의 침묵을 적시던 미소만 병실을 돌며 살아 있는 듯했습니다. 그러다가 나는 아, 하는 탄성을 질렀습니다. 눈길을 돌린 넓은 창밖으로는 엄청난 함박눈이 내리고 있었습니다. 눈이 내리기 시작한 지가 좀 되었는지 저 멀리 보이는 한 떼의 나무들도 눈을 덮어쓰고 있었습니다. 밖에서는 센 바람이 부는 것일까요, 아니면 함박눈과 가는 눈이 함께 내리는 것일까요. 확실히 눈은 펑펑 내리는데 시야는 점점 희부옇게 보이고, 나무들의 형체나 창문 밖의 모든 물체는 다 뿌옇게 눈에 덮이고 함박눈에 흔들리는 것 같았습니다. 그런 흰 세상의 풍경을 언제 본 적이 있었는지 모르는 나는 넋이 빠져 밖을 내다보고 있었습니다.

침대에 반쯤 누운 당신도 창밖을 물끄러미 보고 있었군요. 우리는 서로 무엇을 그리 깊이 생각하고 있었을까요. 눈을 덮어 쓴 덩치 큰 나무들이 서로 다가가서 가만히 서로 안아주는 것은 나만 혼자서 본 것일까요. 그새 더 낮아졌는지 하늘은 더 이상 보이지 않고, 존재하는 모든 것이 서로 안아주고 보듬어주고 서로 사랑한다고 속삭이기 시작합니다. 그래서 나는 당신을 다시 보았습니다. 그리고 내가 하고 싶었던 말을 하려고 했지만 당신은 아직도 깊은 생각에 잠긴 듯 창밖에서 시선을 거두지 않고 내게 기회를 주지 않았습니다.

　오래전 8층 병실에서 본 겨울눈의 풍경은 다시 한 번 우리가 세상의 방문객이란 것을 상기시켜 주었습니다. 그리고 모두 언젠가는 떠나야 하는 인연이라는 것을 보여주었습니다. 당신은 그 진리를 내게 손수 보여주듯이 어느 날 그렇게 떠났습니다. 그리고 우리의 인연이 환생한 듯 오늘은 누리에 함박눈이 옵니다. 당신 때문에 나는 눈을 사랑하고 눈 속에서 당신을 다시 만납니다. 인연이 중요한 것은 그 인연이 다시 이루어지기 때문이겠지요. "다시 돌아오지 않는 인연은 없습니다." 당신이 알려준 약속의 말입니다. 그리고 나는 이제 당신의 말만을 믿는 독실한 신자가 되어 빈 손바닥에 내리는 눈을 보며 당신의 미소를 가슴 가득 껴안습니다.

담쟁이 꽃

내가 그대를 죄 속에서 만나고
죄 속으로 이제 돌아가느니
아무리 말이 없어도 꽃은
깊은 고통 속에서 피어난다.

죄 없는 땅이 어느 천지에 있던가
죽은 목숨이 몸서리치며 털어버린
핏줄의 모든 값이 산불이 되어
내 몸이 어지럽고 따뜻하구나.

따뜻하구나, 보지도 못하는 그대의 눈.
누가 언제 나는 살고 싶다며
새 가지에 새순을 펼쳐내던가.
무진한 꽃 만들어 장식하던가.
또 몸풀 듯 꽃잎 다 날리고
헐벗은 몸으로 작은 열매를 키우던가.

누구에겐가 밀려가며 사는 것도
눈물겨운 우리의 내력이다.
나와 그대의 숨어 있는 뒷일도
꽃잎 타고 가는 저 생의 내력이다.

나는 담쟁이가 꽃을 피우는 줄 몰랐다. 담쟁이는 그냥 벽을 타고 무성하게 잎을 피우며 오르는 덩굴식물이고, 가을이면 오 헨리의 소설에서 존시가 물끄러미 바라보던 《마지막 잎새》의 그 시들어가는 담쟁이 잎으로만 알고 있었다. 그러던 어느 봄날, 싱그럽게 자라는 풍성한 담쟁이를 보다가 아주 수줍고 작고 하얀 꽃잎을 가진 몇 개의 담쟁이 꽃을 보았다. 그 꽃은 꽃이라고 부르기에는 너무 왜소하고 가냘파 보였는데, 힘세고 푸른 담쟁이 잎 사이에서 부끄러운 듯한 표정으로 나를 보고 있었다. 어찌된 영문인지 그 꽃은 처음부터 내 눈을 사로잡았다.

몇 개의 그 담쟁이 꽃은 나뿐만 아니라 많은 사람이 그렇듯, 누구에겐가 끌려가며 살아온 듯한, 이곳이 낯설어 자꾸 어디로 숨어버리고 싶은, 아, 아, 하고 소리치고 싶을 정도로 섭섭한 생각이 자꾸 드는, 정말 이렇게 살고 싶지 않았는데 어디서부터 잘못되었기에 내가 왜 여기 와 있는가 하는 의문을 자꾸 만드는, 그런 모습으로 내게 보였다. 아, 저건 내 표정이고 내 모습인데 하는 순간, 우리는 마주보며 미소를 지었다. 드디어 나는 오랫만에 나와 같은 종족에 속하는 생명을 만났구나.

석벽려 꽃이라고 부르기도 하는 담쟁이 꽃은 영리하고 싱싱하기만 한 세상의 물정을 잘 몰라 자주 손해를 보거나, 계산된 사람들의 술수를 읽지 못해 더러 부당한 대우를 받지만 그럼에도 그 불공정한 결과를 아무 말 없이 그대로 마시고 씹어 삼켜야 살아남을 수 있다는 사실을 잘 알고 있는 것처럼 보였다. 그리고 내가 늦게나마 혼자서 깨우친, 진정한 행복은 그 온전한 버림과 포기를 통해서만 온다는 소중한 인생의 진리마저도 알고 있는 것 같았다.

우리는 과연 아무런 특징도 없는 담쟁이가 되어 세상을 아름답게 꾸미겠다는 청운의 뜻을 안고 버려진 벽을 혼자 혼신의 힘과 정성으로 장식해야 하는 것인가. 그러다가 나도 모르는 사이에 잎을 키우고 꽃을 피우고, 언젠가 그 담쟁이 꽃이 다 날아가버린 빈 하늘을 바라보면서 아픔의 시간을 지낸 후, 얼결에 맺은 열매를 헐벗은 몸으로 키워내야 하는 것인가. 그것은 도대체 누가 시킨 일이고 누가 결정하고 누가 관할하는 일인가. 이 눈물겨운 흐름을 왜 혼자서만 정신없이 감당해야 하는가. 왜 내게만 이런 부끄럽고 민망한 일이 오는 것인가…… 그리고, 그리고, 마침내 당신을 본 것이다. 나와 동일한 족속. 보기만 해도 불쌍한, 외따로 떨어진 혼. 그립고 고마운 당신의 담쟁이 꽃.

박꽃

그날 밤은 보름달이었다.
건넛집 지붕에는 흰 박꽃이
수없이 펼쳐져 피어 있었다.
한밤의 달빛이 푸른 아우라로
박꽃의 주위를 감싸고 있었다.
─박꽃이 저렇게 아름답구나.
─네.
아버지 방 툇마루에 앉아서 나눈 한마디,
얼마나 또 오래 딴생각을 하며
박꽃을 보고 꽃의 나머지 이야기를 들었을까.
─이제 들어가 자려무나.
─네, 아버지.
문득 돌아본 아버지는 눈물을 닦고 계셨다.

오래 잊었던 그 밤이 왜 갑자기 생각났을까.
내 아이들은 박꽃이 무엇인지 한번 보지도 못하고
하나씩 나이 차서 집을 떠났고
그분의 눈물은 이제야 가슴에 절절이 다가와

떨어져 있는 것이 하나 외롭지 않고
내게는 귀하게만 여겨지네.

나는 매해 초가을이면 건넛집 지붕에 무진으로 핀 박꽃을 보았다. 종로구 명륜동의 아주 작은 기와집에 살던 때 아버지는 무슨 이유에서인지 매해 담장 밑에 봉숭아와 박을 심으셨다. 그때는 이미 봉숭아로 손톱을 물들이거나 바가지를 부엌 용기로 쓰던 시대도 아니었는데, 왜 해마다 그러셨는지 아직도 잘 모르겠다. 아마도 봉숭아꽃을 보시며 옛 친구를 생각하고 초가을의 우아한 박꽃을 보시려고 박을 심으신 것 같다.

그때가 예과 시절이었는지 본과 시절이었는지 확실치 않지만, 매일 쉬지 않고 계속되는 시험공부에 지쳐 있던 내가 한밤중에 화장실이라도 가느라 마당에 내려섰는데, 아버지가 나를 부르셨다. 나는 아버지의 방 쪽 마루에 엉거주춤 앉았는데 아버지는 웬 공부를 그렇게 많이 해야 하느냐, 몸 건강도 생각하면서 하라고 말씀하셨다. 그리고 이어서 손을 들어 건넛집 지붕을 가리키시며, 저기 좀 봐라, 너무 예쁘지 않냐? 하시는데, 손길을 따라 지붕을 올려 보니 엄청 많은 박꽃이 흐드러지게 지붕을 덮고 있었다. 그날이 보름이라도 되었는지 휘영청 밝은 달빛이 연한 푸른 빛을 뿜으며 수백의 박꽃을 감싸 안고 있었다. 세상에 맙소사, 이렇게 아름다운 광경이라니! 아마도 밤 열두 시 정도가 되어가는 때였는지 집안 식구는 모두 잠들었고 아버지와 나는 작은 목소리로 흰 박꽃의 아름다움을 소곤대며 이야기했다. 간간이 우리는 아무 말도 하지 않고 침묵 속에서 혼자 생각도 하면서 얼마를 보냈는지 모른다. 나는 문득 박꽃을 올려 보시던 아버지의 눈에서 반짝이며 빛나는 눈물을 보았다. 그러고 보니 우리는 그때 구식 라디오에서 낮은 첼로를 타고 흘러나오는 브루흐의 〈콜 니드라이Kol Nidrei〉*를 듣고 있었다. 전에도 아버지가 가끔 음악을 들으시다가 눈물을 보이시기는 했지만 그날 밤의 눈물은 어쩐 일인지 아직까지 잊히지 않는다.

그렇게 허우적거리며 의대를 졸업하고 이어진 군의관 3년 동안에는 친구 만나고 술을 마셔대느라 바쁘게 살았다. 정기적으로 외출하시는 수요일을 제외하고는 매일 집에서 글만 쓰시던 아버지와는 별로 대화도 하지 못했다. 아버지는 얼마나 외로우셨을까. 아마도 내게 많이 섭섭하셨을 것이다.

군 제대 후, 나는 미국의 인턴 시작이 한 달밖에 남지 않아 여권이다 뭐다 하며 이리저리 뛰다가 고국을 훌쩍 떠났다. 아버지는 내가 고국을 떠난 지 넉 달 만에 갑자기 뇌졸중으로 쓰러져 그날로 돌아가시고 말았다. 나는 고국을 떠날 때 아버지가 마련해주신 50달러밖에는 가진 돈이 없어 비행기 표를 살 수도 없었고, 휴가를 신청할 실적도 없어, 장남이 되어서도 아버지의 장례식에 참석하지 못했다. 이 죄송스러운 마음은 아버지가 돌아가신 지 수십 년이 된 지금까지도 내 가슴을 아프게 한다.

나는 그 의대생 시절 이후 박꽃을 다시는 보지 못했다. 고국에 살고 있지 않은 이유가 크겠지만 요즈음도 박을 키우는 사람이 있을까 싶다. 그래서 이제 다시는 보지 못하는 것은 아닐지 걱정되기도 한다. 나는 그 박꽃을 어느 달밤에 꼭 다시 보아야만 한다. 아버지와 함께 본, 그 푸른 달빛을 머금은 박꽃 속에서 환하게 웃고 계실 아버지를 만나야 하기 때문이다. 그래서 박꽃을 다시 만나면 나는 반가워서, 너무 반가워서 울 것이다.

　이 시를 발표했을 때, 아무도 그런 내 심정을 헤아려주지 않았다. 아무도 관심을 보여주지 않았고 언급받지도 못했다. 아무 소리도 듣지 못하고 쓸쓸하게 한 10년이 지난 다음, 갑자기 난데없이 소설가 신경숙 씨가 어느 신문에 유려한 문장의 해설과 함께 이 시의 전문을 게재하였고, 그 후부터 여러분에게 갑자기 읽히기 시작하고 좋은 말도 많이 듣게 되었다. 이 시를 오랜만에 읽으며 그분께 새삼 감사하는 마음이 든다.

* 막스 브루흐의 첼로와 오케스트라를 위한 음악 〈콜 니드라이〉 작품번호 47번은 '히브리 멜로디에 의한 아다지오Adagio on Hebrew Melodies'라는 부제가 붙어 있는 곡으로, 히브리의 옛 성가인 〈콜 니드라이〉의 선율을 변주한 일종의 환상곡이다. 여기서 '콜 니드라이'란 '신의 날'이라는 뜻으로, 속죄의 날 저녁에 부르는 유대교의 예배용 찬가였다.

이 세상의 긴 강

1

일찍 내린 저녁 산 그림자 걸어 나와
폭 넓은 저문 강을 덮기 시작하면
오래된 강 물결 한결 가늘어지고
강의 이름도 국적도 모두 희미해지는구나.

국적이 불분명한 강가에 자리 마련하고
자주 길을 잃는 내 최근을 불러모아
뒤척이는 물소리 들으며 밤을 지새면
국적이 불분명한 너와 나의 몸도
깊이 모를 이 강의 모든 물에 젖고
아, 사람들이 이렇게 물로 통해 있는 한
우리가 모두 고향 사람인 것을 알겠구나.

마침내 무거운 밤 헤치고 새벽이 스며든다.
수만 개로 반짝이는 눈부신 물의 눈,
강물들 서로 섞여서 몸과 몸을 비벼댄다.

아, 그 물빛, 어디선가 내 젊었을 때 보았던 빛,
그렇게 하나같이 비슷한 방향으로 가는 우리,
길 잃고도 쓰러지지 않는 동행을 알겠구나.

2

며칠 동안 혼자서 긴 강이 흐르는 기슭에서 지냈다. 티브이도, 라디오도 없었고, 문학도 미술도 음악도 없었다. 있는 것은 모두 살아 있었다. 음악이 물과 바위 사이에 살아 있었고, 풀잎 이슬 만나는 다른 이슬의 입술에 미술이 살고 있었다. 땅바닥을 더듬는 벌레의 촉수에 사는 시, 소설은 그 벌레의 길고 여유 있는 여정에 살고 있었다.

있는 것은 모두 움직이고 있었다. 물이, 나뭇잎이, 구름이, 새와 작은 동물이 쉬지 않고 움직였고, 빗물이, 밤벌레의 울음이, 낮의 햇빛과 밤의 달빛과 강의 물빛과 그 모든 것의 그림자가 움직이고 있었다. 움직이는 세상이 내 주위에서 나를 밀어내며 내 몸을 움직여주었다. 나는 몸을 송두리째 내어놓고 무성한 나뭇잎의 호흡을 흉내내어 숨쉬기 시작했다.

마침내 나는 내 살까지도 살아 숨쉬고 있는 것을 알 수 있었다. 숨쉬는 몸이, 불안한 내 머리의 복잡한 명령을 떠나자 편안해지기 시작했다. 어깨가 가벼워지고 눈이 밝아지고, 나무 열매가 거미줄 속에 숨고, 곤충이 깃을 흔들어 내는 사랑 노래도 볼 수 있었다. 나는 세상의 모든 것이 하나가 되어 움직이고 있는 것을 드디어 알게 되었다.

세상의 모든 것은 하나였다. 다를 수가 없었다. 그래서 나는 크고 작은 것의 차이에서 떠나기로 결심했다. 보이는 것과 안 보이는 것의 차이에서 떠나고, 살고 죽는 것의 차이에서 떠나기로 결심했다. 그것은 내게도 어려운 결심이었다. 며칠 후 인적 없는 강기슭을 떠나며 작별 인사를 하자 강은 말없이 내게 다가와 맑고 긴 강물 몇 개를 내 가슴에 넣어주었다. 그래서 나는 강이 되었다.

결론부터 말하면 이 시의 모든 의미와 의도는 마지막 연이고 그중의 한 줄, "세상의 모든 것은 하나였다"에 있다.

1990년대 중반, 나는 이웃으로 이사와 자주 만나며 오랜 외국 생활의 외로움을 함께 이겨냈던 착한 동생을 졸지에 잃어버리는 비극을 겪었다. 주위에서는 상상할 수 없을 정도로 큰 아픔을 안은 채로, 나는 그 충격을 벗어나겠다고 자주 집을 떠나 야외를 싸돌아다녔다. 이 시는 그런 떠돌기의 하나로, 제법 깊은 산에 들어가 며칠을 지내다가 얻은 시이다.

첫 연에서 내가 탄식 같은 어조로 혼자 중얼거리는 것은 국적에 대한 것이다. 아마도 그즈음 고국으로부터 느꼈던 넘을 수 없는 벽 같은 차별을 원망하는 심정이 아니었나 싶다. 우선은 무슨 문학상의 심사에서 나는 딴 나라에 사니까 후보로 넣는 것도 안 된다, 한국 시인의 위상이 걸린 문제다, 하는 말까지 나왔다는 후문을 들은 뒤 씁쓸한 내 입맛을 토해낸 흔적이 있다. 그리고 두 번째 영구귀국을 계획하던 시기가 또 그때였는데, 귀국하여 책임 직책을 받기 위한 조건 중에 국적이나 거주지 등이 문제가 되면서 결국 모든 것을 포기할 수밖에 없었던 내 심정도 드러나 있는 것 같다. 동생을 잃은 상처받은 심정도 그대로인 채, 나는 어두운 밤에는 혹 강의 국적이 잘 안 보일 수도 있겠다는 생각을 했던 것 같다. 밤에는 다른 나라의 물도 이 나라의 강물과 국적을 따지지 않고 은근하게 합쳐질 수도 있지 않겠는가, 하는 생각이었다. 조건 같은 것을 버리고 함께 어울리면 안 되겠냐는 혼자서의 투정과 슬픔 같은 것이 이 부분에 깃들어 있다. 물론, 강에도 국적은 있겠지만 강 자신이 국적을 따지며 흐르지는 않겠지, 특히나 밤에 강은 아마 거주지를 따지지 않고 누구든 받아주고 잘 어울려 지내게 해줄 수도 있겠지.

엉뚱한 발상이기는 했지만, 국적도 하나만 있으면 되지 웬 국적이 그렇게 많고 복잡하고 가지각색인가. 그 산에서 나는 어쩌면 조금은 혼돈스러운 정신 상태로 '세상의 모든 것은 하나'라는 극단적이지만 따뜻한 진리 같은 것을 느끼게 되었다. 내가 좋아하는 고국의 내 친구들은 모두 한 나라 말을 하는 한 나라의 사람들이고, 죽은 것과 산 것이 하나고 보이는 것과 안 보이는 것이 하나라면, 죽은 내 동생과 나도 같은 세상에서 함께 하나가 되어 손잡고 노래하며 오늘을 즐기며 사는 것이라고 느껴졌다. 나는 더 이상 내 동생과 딴 세상에 사는 것이 아니었다. 세상의 모든 것은 하나고 살아 있기 때문에 내가 비록 내가 사랑하는 고국에 살지 않아도 그리운 모든 이와 함께 고국에 사는 것이고, 모두가 살아 있으니 내 동생도 내 옆에 바로 살아 있는 것이었다.

나는 며칠간의 여행을 끝마치면서 몸이 떨릴 만큼 엄청난 기쁨을 느꼈다. 나는 너무나 가슴이 뿌듯하고 행복해서 시를 적당히 마치고 미친놈처럼 혼자 춤을 추며 얼마나 많이 울었는지 모른다. 나는 죽은 동생을 부여잡고 춤추며 울었다. 물론 별 볼 일 없는 시를 쓰고 나서 여러 번 운 경험이 있으니 울었다고 이 시가 거창하다는 얘기는 아니다. 그저 이 시도 쓰고 나서 눈물을 흘리며 울었던 그런 시 중의 하나였다는 것을 여기에 그냥 한 줄 고백할 뿐이다.

이슬의 눈

가을이 첩첩 쌓인 산속에 들어가
빈 접시 하나 손에 들고 섰었습니다.
밤새의 추위를 이겨냈더니
접시 안에 맑은 이슬이 모였습니다.
그러나 그 이슬은 너무 적어서
목마름을 달랠 수는 없었습니다.
하룻밤을 더 모으면 이슬이 고일까,
그 이슬의 눈을 며칠이고 보면
맑고 찬 시 한 편 건질 수 있을까,
이유 없는 목마름도 해결할 수 있을까.

다음 날엔 새벽이 오기도 전에
이슬 대신 낙엽 한 장이 어깨에 떨어져
부질없다, 부질없다 소리치는 통에
나까지 어깨 무거워 주저앉았습니다.
이슬은 아침이 되어서야 맑은 눈을 뜨고
간밤의 낙엽을 아껴주었습니다.
―당신은 그러니, 두 눈을 뜨고 사세요.

앞도 보고 뒤도 보고 위도 보세요.
다 보이지요? 당신이 가고 당신이 옵니다.
당신이 하나씩 다 모일 때까지, 또 그 후에도
눈뜨고 사세요. 바람이나 바다같이요.
바람이나 산이나 바다같이 사는
나는 이슬의 두 눈을 보았습니다. 그 후에도
바람의 앞이나 바다의 뒤에서
두 눈 뜬 이슬의 눈을 보았습니다.

나만큼 이슬을 많이 만나는 사람이 있을까 싶게 나는 거의 매일 아침 이슬을 보고 만진다. 그것도 한눈에 보이는 이슬이라기보다 두세 시간 정도 계속해서 보이는 모든 것이 이슬일 정도로 수억 개의 이슬을 본다. 내가 이슬을 유심히 본다기보다 이슬이 나를 뚫어져라 열심히 보는 것이라고 하는 편이 옳을 것이다. 왜냐하면 내가 고개를 어디로 돌려도 거기 있는 이슬은 나를 보고 있으니까. 그리고 이슬은 장난치기를 좋아하는지 여기서 본 이슬이 가까이 가보면 사라져버리고 나를 놀리듯 바로 그 옆에 새로운 모습으로 서서 미소하며 나를 바라보고 있다. 특히나 해가 솟기 시작하면 이슬의 장난은 더 심해져서 한동안은 눈이 너무 부셔 이슬을 바로 보기가 힘들다. 차라리 고개를 숙여버리게 된다. 나는 그 이슬들이 너무 좋다. 빛나서 좋고 작아서 좋고 깨끗해서 좋고 많아서 좋고 조용해서 좋고 시원해서 좋다.

가끔 몇이서 산에 오르면 하루 정도는 산에서 한밤을 지새울 때가 있다. 어느 해던가, 시도 안 써지고 사는 일도 시시해지고 만사가 심드렁해져서 나는 친구랑 둘이서 일정을 잡고 산에서 하루를 보낸 적이 있다. 드문 일이기도 하고 깊은 산도 아니어서 저녁을 끝낸 후 우리는 각자 자기 생각에 잠긴 채 밤을 맞았는데, 나는 초저녁잠이 깊었던 것인지 새벽녘 희뿌연 여명의 시간에 잠이 깨었다. 그리고 스산한 통나무집을 벗어나 밖으로 더듬거리며 나왔다. 산에는 온통 가을물이 들어가는 활엽수들이 꽉 차서 어두운 산길을 걷기가 어려웠다. 천천히 어둠이 걷

히면서 주위를 자세히 보니 간밤에 술 한잔 나누며 안주를 담았던 빈 접시가 두어 개가 보였다. 그리고 그 빈 접시에 간밤의 이슬이 모여 있는 것이 보였다. 나는 갑자기 갈증을 느끼고 빈 접시의 이슬을 마시려고 했지만 갈증을 해소할 정도로 많지는 않았다.

나는 내 갈증이 비단 지난밤의 술 때문만은 아닌 것을 알고 있었다. 내 갈증을 풀기에는 엄청난 양의 물이 필요하든가, 아니면 간절하게도 누구의 정신적인 도움이 필요하다는 것을 알고 있었다. 내 갈증은 아마도 지난 수년 동안의 내 욕심, 그 때문에 몰려오는 불안감 때문일 수도 있겠다는 생각이 들었다. 그리고 천천히 밝아오는 아침을 맞으며 혼자 약간의 영성적 성찰에 들었다. 나는 주위를 둘러보면서 반짝이며 영롱한 눈으로 내게 말하는 이슬들을 보았다. 천상의 눈같이 맑고 조용한 이슬의 눈. 이슬은 내게 두 눈을 뜨고, 영혼의 두 눈을 뜨고, 세상 전체를 아우르며 보라고 말해주고 있었다.

앤서니 드 멜로라는 수사는 이렇게 말한 적이 있다.

그리스도인으로 살아간다는 것은 착하고 고상하게 사는 것이 아니라 자유롭게 살아가려고 노력하는 것이다. 착한 이를 만들려는 종교나 철학은 사람을 자주 결박해서 나쁘게도 만들지만 자유로움으로 초대하는 것은 사람을 착하게 만든다. 그것은 자유가 사람의 내적 갈등을 부숴버리기 때문이다. 우리는 더 이상 착한 이가 되려하지 말고, 그보다는 자유롭게 살아가려고 노력해야 한다.

사람들은 말로는 수도 없이 마음을 비운다느니 욕심을 버린다고 하

지만 정작 자신이 자기의 마음속에서 무엇을 비우고 무엇을 버려야 하는지를 알지 못하는 것 아닌가. 자신에게 유리한 것만 보려고 하면서 자기도 모르게 게걸스러운 탐욕의 장님이 되고 있는 것은 아닌가. 욕심을 버리고 나는 이제부터라도 진정한 자유인이 되도록 노력해보자.

섬

그해 여름에는 여의도에 홍수가 졌다.
시범아파트도 없고 국회도 없었을 때
나는 지하 3호실에서 문초를 받았다.
군인사법 94조가 아직 있는지 모르지만
조서를 쓰던 분은 말이 거세고 손이 컸다.

그해 여름 내내 나는 섬을 생각했다.
수갑을 차고 굴비처럼 한 줄로 묶인 채
아스팔트 녹아나는 영등포 길로 끌려가면서
세상에서 가장 심심한 작은 섬 하나 생각했었다.
그 언덕바지 양지에서 들풀이 되어 살고 싶었다.

곰팡이 냄새 심하던 철창의 감방은 좁고 무더웠다.
보리밥 한 덩이 받아먹고 배 아파하며
집총한 군인의 시끄러운 취침 점호를 받으면서도
깊은 밤이 되면 감방을 탈출하는 꿈을 꾸었다.
시끄러운 물새도 없고 꽃도 피지 않는 섬.

바다는 물살이 잔잔한 초록색과 은색이었다.
군의관 계급장도 빼앗기고 수염은 꺼칠하게 자라고
자살 방지라고 혁대도 구두끈도 다 빼앗긴 채
곤욕으로 무거운 20대의 몸과 발을 끌면서
나는 그 바다에 누워 눈감고 세월을 보내고 싶었다.

면회 온 친구들이 내 몰골에 놀라서 울고 나갈 때,
동지여, 지지 말고 영웅이 되라고 충고해줄 때,
탈출과 망명의 비밀을 입 안 깊숙이 감추고
나는 기어코 그 섬에 가리라고 결심했었다.
이기고 지는 것이 없는 섬, 영웅이 없는 그 섬.

드디어 석방이 되고 앞뒤 없이 나는 우선 떠났다.
그러나 도착한 곳이 내 섬이 아닌 것을 알았을 때
아버지는 돌아가셨고 나는 부양가족이 있었다.
오래전, 그 여름 내내 매일 보았던 신기한 섬.
나는 아직도 자주 꿈꾼다. 그 조용한 섬의 미소,
어디쯤에서 떠다니고 있을 그 푸근한 섬의 눈물을

이 시는 1965년에 내게 일어난 한 사건을 바탕으로 물경 30년 후인 1995년에 시로 써서 발표한 것이다. 고국에서야 1960년대에는 빈번하게 일어났던 일이기 때문에 크게 논의될 성질의 사건은 아니었지만, 내가 오래 살고 있는 미국에서는 미국인이나 교포들 앞에서 시를 낭독할 때마다 아직도 상당한 반향이 인다. 30년 동안 침묵을 지키다가 갑작스레 옛날 일을 꺼내 시로 쓴 이유는 잊고 있어서가 아니라 사실 귀찮았기 때문이기도 하고, 부끄럽게도 겁이 났기 때문이기도 하다. 내가 금고 2년 형이라는 정보부의 지시에서 공소 유예 열흘 만에 곤죽이 되어 감방을 나오던 날, 그 감사의 표시로 구금된 이후 열흘간 어떤 처우를 받았는지에 대해 밖에 나가 절대로 발설하지 않겠다는 것과 외국에 나가서 다시는 돌아오지 않겠다는 두 가지 구두 약속을 했기 때문이었다. 그때 얼마나 무서웠으면 30여 년 아무에게도 말하지 않고 살았을까.(아니면 내가 어리석고 바보여서?)

지금 생각해도 그 당시 나는 극심한 우울증으로 어서 빨리 이 지옥을 벗어나 어디로든지 멀리 떠나고 싶었다. 여의도 감방이 홍수 때문에 위험해지자 우리는 또 수갑을 차고 다시 굴비같이 한 줄로 포승에 묶여 집총한 헌병들에게 둘러싸여 사형수같이 김포가도를 고개 숙이고 몇 시간씩 걸어 감방을 옮겼다. 옮긴 철제 감방에서는 유난하던 그해의 여름 더위에 밤잠도 며칠씩 못 잤고, 샤워는커녕 세수도 제대로 하지 못하고 지냈다. 면회를 온 군의관 동기들은 산발한 내 모습에 너무 놀라서 고개를 돌리고 울었고 내 선친은 감방에 있는 아들 때문에 소주를 매일 한 병씩 마시고 취해서 밤낮을 보내셨다. 그리고 바로 그 이유 때문에 내 출소 후 얼마 되지 않아 과음으로 인한 뇌졸중으로 갑자기 돌아가셨다.

이렇게 내게는 무척이나 힘들었던 30년의 긴 세월이 지나고, 울컥거리는 마음을 진정시켜가며 때로 입술을 깨물어가며 이 시를 끝냈다. 끝내고 나서도 나는 이 시를 발표해야 할지 많이 망설이고 있었다. 물론 그 첫 번째 이유는 시가 생각보다 힘이 없고 불꽃 튀는 모습을 보이지 못해서였고, 다른 이유는 당시 감방 생활을 하거나 문초를 받았다는 몇몇의 저항 문인들이 자기들만 군사정권에 저항한 영웅 행세를 동네방네 돌아다니며 하고 있어서 그들과 한통속이 되기도 싫었기 때문이었다. 나는 이 시에서 고통과 곤욕의 세월을 거쳐서 강인한 정신력을 갖춘 인간으로 다시 일어서는 가능성을 보여주고 싶었다. 고국이 이런 시행착오를 거쳐 아름답고 따뜻한 나라가 되기를 바라는 마음으로 이 시를 썼던 것이다. 끝없는 증오가 해답이 아니라는 것을 말하고 싶었다.

이제는 한갓 지나간 세월의 흉터 같은 기억이지만, 젊었던 날 비참한 자신의 누추함을 숨기려고 했던 누더기 청춘이 가끔은 가엾게 헐벗은 패전의 병사처럼 아직도 나를 울먹이게 한다. 육체와 정신이 함께 피 흘린 상처의 아픔과, 감추어둔 영혼의 피폐함을 동시에 경험해보지 않은 당신이여. 당신의 생은 제발 가볍고 활기차기를, 남의 강요로 방향을 잃거나 깊은 수렁에 빠지지 않기를 바란다.

별, 아직 끝나지 않은 기쁨

오랫동안 별을 싫어했다. 내가 멀리 떨어져 살고 있기 때문인지 너무나 멀리 있는 현실의 바깥에서, 보였다 안 보였다 하는 안쓰러움이 싫었다. 외로워 보이는 게 싫었다. 그러나 지난여름 북부 산맥의 높은 한밤에 만난 별들은 밝고 크고 수려했다. 손이 담길 것같이 가까운 은하수 속에서 편안히 누워 잠자고 있는 맑은 별들의 숨소리도 정다웠다.

사람만이 얼굴을 들어 하늘의 별을 볼 수 있었던 옛날에는 아무 데서나 별과 이야기를 나눌 수 있었다. 그러나 시간이 빨리 지나가는 요즈음 사람들은 더 이상 별을 믿지 않고 희망에서도 등을 돌리고 산다. 그 여름 얼마 동안 밤새껏, 착하고 신기한 별밭을 보다가 나는 문득 돌아가신 내 아버지와 죽은 동생의 얼굴을 보고 반가운 이야기를 나누기도 했다.

사랑하는 이여.
세상의 모든 모순 위에서 당신을 부른다.
괴로워하지도 슬퍼하지도 말아라
순간적이 아닌 인생이 어디에 있겠는가.
내게도 지난 몇 해는 어렵게 왔다.

그 어려움과 지친 몸에 의지하여 당신을 보느니
별이여, 아직 끝나지 않은 애통한 미련이여,
도달하기 어려운 곳에 사는 기쁨을 만나라.
당신의 반응은 하느님의 선물이다.
문을 닫고 불을 끄고
나도 당신의 별을 만진다.

몇 해 전 여름, 미국의 서부 로키 산맥의 북쪽, 감자가 많이 난다는 아이다호 주와 캐나다 접경의 산기슭에 있는 샌드포인트라는 작은 마을에서 지낸 며칠이 아직도 그립다.

그해에 내 고등학교 후배이고 절친하게 지내던 미네소타 대학 음대 교수이자 미네소타 실내악단 단장인 김영남 교수가 우리를 그 마을에서 매해 열리는 여름 음악캠프에 초대해주었다. 우리는 비행기를 두 번 갈아타고, 다시 빌린 자동차로 몇 시간 산길을 꾸불꾸불 돌아서 그 마을에 어렵게 도착했다. 음악회장은 평평한 곳에 위치해 있었지만 우리들의 숙소는 거기서 다시 자동차로 족히 10분 이상 더 올라가야 하는 산 꼭대기였다. 하루에 한두 번 열리는 작은 음악회 말고는 하루 종일 자연을 구경하는 것밖에 할 것이 없는 그곳에서, 우리는 매일 어린아이처럼 많은 사슴 가족과 산토끼들과 어울려 산을 싸돌아다니고 야생의 열매를 따먹으며 하루하루를 천둥벌거숭이처럼 즐겼다. 인간의 즐거움이라는 것이 아주 단순한 것에서 오는 것이라는 진리를 그때 새삼 알게 되었다.

그런 어느 날 밤, 김 교수와 술을 한잔 나누고 늦게 비포장도로를 천천히 운전해 숙소로 올라가는데 숙소 가까이에 다다르자 김 교수는 꼭 보여줄 것이 있다며 차에서 내리라고 했다. 김 교수는 곧 자동차의 시동도 끄고 헤드라이트도 꺼버렸다. 갑작스러운 어둠에 주위를 눈으로 더듬고 있는데, 김 교수가 말했다. 굉장히 어둡지요? 이제 고개를 들어 하늘을 보세요. 나는 고개를 들었다. 아, 이게 웬일인가. 내 시야는 완전히 하늘뿐인데, 그 하늘에 주렁주렁 달린 엄청나게 많은 저 별들! 별은 그냥 점이 아니라 부피를 가진 것이라는 것도 처음 느꼈지만, 난생처음 이렇게 밝고 크고 흐드러지게 많은 별을 보면서 나는 넋을 놓고 황홀해질 수밖에 없었다. 옆에서 김 교수가 말했다.

"굉장하지요? 고도가 높아서 그렇고 오늘이 그믐이라서 더 그런 모양입니다."

북두칠성, 오리온, 큰곰, 작은곰의 별자리를 기억하던 고국과는 달리 너무나 촘촘히 별이 많아서 내가 아는 별자리는 하나도 그려지지 않았다.

숙소로 돌아온 뒤에도 크고 많은 별들을 본 놀라움 때문인지 잠을 잘 이룰 수 없어 한동안 뒤척이다가 나는 무엇에 이끌리듯 숙소를 다시 빠져나왔다. 새벽 두세 시쯤 되었을까. 사위는 고요했지만 혼자 별 밭을 올려다보는 순간 이상하게도 내 온몸을 가볍게 감싸는 온기 같은 것을 느낄 수 있었다. 별들은 손에 잡힐 듯 더 가까이에 흩어져 있어 나도 모르게 발끝으로 서서 팔을 뻗어 올렸다. 내 손에 별이 닿은 것인지, 나를 보며 미소 짓던 많은 별들이 갑자기 흐리게 떨려 보이면서 나를 향해 눈물을 글썽이기 시작했다. 하늘의 어디를 보아도 별들은 모두 눈물을 머금고 내 앞에서 흔들리고 있었다. 그러다가 문득, 희미하게 흔들리면서 빛나는 한 무더기의 별 속에서 오래전에 돌아가신 내 아버지의 모습이 뚜렷이 보였다. 그리고 그 옆에 눈물을 보이는 죽은 내 동생의 얼굴도 보였다. 그새 별들은 다 어디로 갔는지 우리는 손을 잡고 흐르는 눈물을 서로 닦아주기 시작했다. 그리고 오랫동안 가슴에만 무겁게 간직

해온 그 많은 말을 나누기 시작했다. 정작 몇 마디 하지도 않은 것 같은데 나는 벌써 느긋한 편안함을 느끼고 있었다.

별들이 다시 돌아와서 내가 정신이 들도록 흔들어준 것은 얼마나 시간이 지난 후였을까. 나는 믿기 힘든 이 신비한 비밀의 시간을 마음에 잘 간직하리라 다짐하면서 별들에게 감사 인사를 하고 숙소로 들어왔다. 그리고 불도 켜지 않은 채 어둠 속에서 몇 줄의 시를 쓰기 시작했다.

겨울 묘지
개심사開心寺
길
그레고리안 성가 2
은유溫柔에 대하여
축제의 꽃

5

귀에 익은 침묵

겨울 묘지

피붙이의 황량한 묘지 앞에 서면
생시의 모습이 춥고 애잔해서
눈 오시는 날에도 가슴 미어지는구나.

살고 죽는 것이 날아가는 눈 같아
우리가 서로 섞여서 어디로 간다지만
그 어려운 계산이 모두 적멸에 빠져
오늘은 긴 눈발 속에 아무도 보이지 않네.

무슨 소식이라도 들을까 두 손에 눈을 받아도
소식 한 장 어느새 눈물방울로 변하고
귀에 익은 침묵만 미궁의 주위를 적시네.

내 눈이 공연히 시려오는 잿빛 하늘
눈이 와서 또 쌓여서 비석까지 덮는다.
움직이는 슬픔이 움직이지 못하는 슬픔을 만나
깨끗한 무게로 서로를 달래주는구나.

그렇다. 우리는 도저히 헤어지지 않는다.
네 숨결은 묘지 근처의 맑고 찬 공기,
하늘이 더 낮게 내려와 우리는 손을 잡는다.
어느새 눈이 그치고 바람이 자고 우리가,

내게는 남동생 하나와 여동생 하나가 있다. 남동생과는 두 살 터울인데, 나보다 키도 크고 잘생겼으며 나보다 착하고 부드러웠다. 우리는 어릴 때부터 같은 초등학교와 같은 중·고등학교에 다녔고, 같은 방에서 같은 이불을 덮고 대학을 졸업할 때까지 함께 살았다. 아주 작은 방에 두 개의 책상을 나란히 놓고 썼으며, 공부도 비슷하게 잘하는 편이었다. 게다가 취미마저 비슷했다. 동생은 형을 철석같이 믿었고 형의 말이라면 무엇이든 따랐다. 한 번도 형의 말에 토를 달거나 반대한 적이 없었고 어느 경우든 그에게 형은 틀리는 적이 없었다. 내가 좀 난데없는 의과에 들어가 공부에 진을 빼기 시작했을 때쯤, 동생은 대학 입시를 눈앞에 두고 있었다. 동생이 자기도 의과에 취미가 있다면서 의과 쪽으로 대학을 선택하려고 했다. 그때 나는 동생에게 내가 하지 못해 아쉬웠던 문과에 가기를 권했고, 대학을 졸업하고는 내가 되고 싶었던 신문기자가 되기를 권했다. 결국 동생은 내가 희망했던 대로 큰 일간신문의 사회부 기자가 되었다.

동생은 기자 생활을 10여 년 잘하다가 남북 정부의 정치적인 이유로 하루아침에 신문사에서 쫓겨났다. 억압적인 권력에 의해 밀려나 설 곳이 없던 동생은 이민밖에 길이 없다며, 어느 날 모은 돈도 하나 없이 식솔을 끌고 무조건 나를 찾아 외국에 왔다. 나 역시 갑자기 목돈을 구할 수 없었기에 작은 잡화상 가게를 겨우 마련해주었다. 동생은 열심히 일했고, 가게도 썩 잘 운영하면서 이국의 생활에 적응해나갔다. 외로운 외국 생활에 지쳐가던 나한테야 누구와도 바꿀 수 없는 말벗이 생겼으니 더 이상 좋을 수가 없었다. 서로 이웃에 살면서 위로해주고, 핑계만 있으면 둘이서 술잔을 함께 나누면서 시름을 달래왔다.

그렇게 한 10여 년이 지났다. 그러던 어느 날, 동생의 가게에 강도가 들었고 그는 얼결에 갑자기 유명을 달리하게 되었다. 억장이 무너지고 슬픔을 가누기 힘들었던 날들을 어찌 말로 다할 수 있으랴. 그렇게 무겁고 어려운 날들을 하루하루 넘기면서, 시간 날 때마다 동생의 무덤이 있는 집 근처의 공원묘지를 찾는 일이 잦아졌다. 집과 직장에서도 가까운 곳이라 1년이면 거의 이틀에 한 번꼴로 자꾸 동생의 무덤을 찾았다. 심심해서 찾아갔고 보고 싶어 찾아갔고 할 일이 없어 찾아갔고 가던 길이라 찾아갔고 단풍이 아름다워 찾아갔고 함박눈이 세상을 덮어주어 찾아갔다.

해가 바뀌고 세월이 흘렀다. 그동안 나는 가여운 내 동생을 위해 늘 기도해왔고 동생을 생각하지 않은 날이 하루도 없을 정도로 그를 그리워하며 살았다. 이 시에서 한 가지 특별한 것이 있다면 시의 끝에 종결어미가 없다는 것이다. 종결어미 없이 이 시는 끝난다. 물론 일부러 그런 것이지만 이렇게 해서라도 나와 사랑하는 내 동생과의 관계는 끊어질 수 없는 것이고 언젠가는 죽어서라도 동생과의 관계를 계속하고 싶다는 내 소원과 희망을 나타내 보이고 싶었기 때문이다.

개심사 開心寺

구름 가까이에 선 골짜기 돌아
스님 한 분 안 보이는 절간 마당,
작은 불상 하나 마음 문 열어놓고
춥거든 내 몸 안에까지 들어오라네.

세상에서 제일 크고 넓은 색깔이
양지와 음지로 나뉘어 절을 보듬고
무거운 지붕 짊어진 허리 휜 기둥들,
비틀리고 찢어진 늙은 나무 기둥들이
몸을 언제나 단단하게 지니라고 하네.

절 주위의 나무뿌리들은 땅을 헤집고 나와
여기저기 산길에 드러누워 큰 숨을 쉬고
어린 대나무들 파랗게 언 맨손으로
널려진 자비 하나라도 배워보라 손짓하네.

몇 해 전, 몇몇 글 쓰는 친구들과 충청남도 서산 군에 있는 개심사라는 절에 간 적이 있다. 은퇴 후에도 지저분한 이유로 완전히 귀국하지 못하고 몇 달씩밖에 지내지 못하는 고국. 밥 사먹는 것도, 거리를 걷는 것도 모두 즐겁지만 오래 사귀어온 좋은 글쟁이 친구들과 여행하는 것이야말로 내게는 너무나 큰 호사이다. 친구들도 이왕이면 함께 즐기자며 때로는 무리를 해서까지 나서주는 여행길, 큰 기대 안 하고 누군가의 제의를 따라 개심사에 들렀다. 친구들을 따라가며 몇 번이고 절 이름을 신기하게 외워보았다. 열린 마음, 열린 마음의 절이라는 것인가. 아마도 가을이 깊어가던 계절이었던 것 같다.

절로 향하는, 제법 가파르게 돌아가는 오르막길은 그리 넓지 않았지만 나무로 둘러싸여 있었다. 흐린 날이면 꼭대기에는 구름도 지나갈 법한 높은 산이 보이다 말다 했다. 길옆으로 작은 연못이 보이는가 싶더니, 절 초입에 갑자기 작은 건물이 하나 나타났다. 바로 범종각으로 중치 크기의 범종을 건물 중심에 매달고 있었다. 그런데 이상한 것은 범종각의 둥근 네 기둥의 모습이었다. 둥근 것은 괜찮은데 네 개의 기둥 모두가 제 마음대로 휘어 있고 둥치는 결을 따라 많이 찢어져 있는 게 아닌가. 허리가 휘었다고 할지, 아니면 용트림하는 모습의 기둥이라고 할지. 나는 어디서도 보지 못한 기둥이 하도 신기해 공연히 두 손으로 휘어진 기둥을 매만져보았다. 한데 휜 기둥은 범종각에만 있는 것이 아니었다. 대웅전을 비롯한 여러 건물의 기둥들도 정도의 차이는 있지만 똑바르지가 않고 조금씩 나뭇결을 따라 휘어 있고 찢어져 있었다. 오래된 이 절의 휘어진 기둥들을 보다가, 문득 힘들게 지붕을 받치고 있는 기둥이 오랜 세월 조국을 받들고 있는 내 조상들의 팔뚝 같다는 느낌에 이르렀다. 그 기둥들이 내게 갑자기 바르게 살라고 호령하는 것 같았다. 그래서 나는 잠시 기둥들 앞에서 고개를 들 수가 없었다.

절 구경을 마치고 나는 산꼭대기 쪽을 향해 한동안 좁은 산길을 걸었다. 많이 늙은 나무들은 뿌리를 아예 땅 위 여기저기에 널어놓고 있었고, 난데없는 계절에 대나무는 파란 새잎을 펼친 채 내게 말을 걸어주었다.

너무 허둥대며 살지 마라, 무엇을 찾겠다고 살피며 살지 마라, 너무 힘들어하며 살지 마라, 미련을 버리고 후회를 버리고, 모두 버리고, 마음을 비우고 가볍고 가난하게 살아라……

길

높고 화려했던 등대는 착각이었을까.
가고 싶은 항구는 찬비에 젖어서 지고
아직 믿기지는 않지만
망망한 바다에도 길이 있다는구나.
같이 늙어 가는 사람아,
들리냐.

바닷바람은 속살같이 부드럽고
잔 물살들 서로 만나 인사 나눌 때
물안개에 덮인 집이 불을 낮추고
검푸른 바깥이 천천히 밝아왔다.
같이 저녁을 맞는 사람아,
들리냐.

우리도 처음에는 모두 새로웠다.
그 놀라운 처음의 새로움을 기억하느냐.
끊어질 듯 가늘고 가쁜 숨소리 따라
피 흘리던 만조의 바다가 신선해졌다.

194

나는 내가 살아 있다는 것을 몰랐다.
저기 누군가 귀를 세우고 듣는다.
멀리까지 마중 나온 바다의 문 열리고
이승을 건너서, 집 없는 추위를 지나서
같은 길 걸어가는 사람아,
들리냐.

같이 늙어가는 사람아, 같이 저녁을 맞는 사람아, 그렇게 나와 같은 길을 걸어가는 사람아, 들리냐, 내 목소리가 들리냐?

나는 오랜 세월 당신을 부르며 살았다. 모든 기쁜 일과 슬픈 일과 어려운 일도 당신과 함께하리라고 믿으며 살아왔다. 일찍이 에리히 프롬은 이렇게 말했다. 사랑은 아무런 보장 없이 자신을 헌신하는 것이고 자신을 완전히 내어주는 것이다. 사랑은 믿음의 행위로서 믿음이 부족한 자는 사랑이 부족한 것이다……. 그래서 나는 당신이 보이거나 말거나, 당신의 목소리가 들리거나 말거나 상관하지 않고 당신과 함께한다는 믿음으로 살아왔다. 그리고 파도치는 이 바다 앞에 섰다. 두렵지 않느냐고 묻지 말아다오. 나는 두려움 떨쳐버린 성자도 아니고 물불 가리지 않고 용감하게 돌진하는 용사도 아니다. 단지 나무는 언젠가 꽃을 버려야 열매를 맺을 수 있다는 것을 알 뿐이다. 우리의 열매는 과연 무엇일까.

바람이 분다. 나는 이 바람을 축복이라고 생각하련다. 시인은 언제나 헐벗어야 한다는 말을 들은 적이 있다. 찢어진 헌 옷의 남루가 아니고 정신의 상처 때문에 피 흘려서 온몸이 추워야 한다는 말, 한여름에도 심장에까지 추위와 외면의 소름이 퍼져야 한다는 말을 들은 적이 있다. 나는 두려움 없는 시인이 되고 싶다. 자유로운 시인이 되고 싶다.

한때 내가 정신없이 좋아했던 재클린 뒤 프레Jacqueline Mary Du Pre 라는 젊은 첼리스트가 다발성 경화증이라는 희귀한 병으로 고생하다가 죽었다. 그때 나는 더 이상 첼로 음악을 안 듣겠다고 생떼를 쓰기도 했다. 그녀는 이런 말을 했다. "악기를 연주하다 보면 영혼이 몸 밖으로 빠져나와 저 높은 곳 어디로 자유롭고 행복한 여행을 하며 황홀경 속으로 들어간다. 그렇다면 첼로를 연주하지 않을 때 나는 도대체 어디서 무엇을 하는 누구일까……" 나도 언젠가는 한번 그런 말을 해볼 수 있을까. 내가 자유롭게 시를 쓰지 않을 때 나는 과연 어디서 무엇을 하는 누구일까…….

들리냐? 내가 부르는 목소리가 혹 들리기라도 하냐? 이 스산한 풍경 안에서 귀 기울여 내 목소리를 들어주는 사람이 혹 당신인가.

그레고리안 성가 2

저기 날아가는 나뭇잎에게 물어보아라,
공중에 서 있는 저 바람에게 물어보아라,
저녁의 해변가에는 한 사람도 없었다.
갈매기 몇 마리, 울다가 찾다가 어디 숨고
생각에 잠긴 구름이 살 색깔을 바꾸고
혼자 살던 바다가 부끄러워 얼굴을 붉혔다.

해변에 가서 그레고리안 성가를 듣는다.
파이프 오르간의 젖은 고백이 귀를 채운다.
상처를 아물게 하는 차가운 아멘의 바다,
밀물결이 또 해안의 살결을 쓰다듬었다.
나도 낮은 파도가 되어 당신에게 다가갔다.
시간이 멈추고 석양이 푸근하게 가라앉았다.
입다문 해안이 잔잔한 꿈을 꾸기 시작했다.
나도 떠도는 내 운명을 원망하지 않기로 했다.

서기 600년의 교황이셨던 그레고리우스 1세가 당시까지 구전되던 성가를 체계적으로 수집하고 정리하여 라틴어로 노래한 것이 그레고리안 성가Gregorian Chant입니다. 화려하기보다는 엄숙한 아름다움이 가슴을 울리는 이 단선율의 예배 음악은 그 후 미사 개혁의 일환에 동참하게 될 정도로 가톨릭 믿음에 큰 역할을 하게 됩니다. 이 시에서 그레고리안 성가는 처음부터 끝까지 배경 음악, 아니 배경의 효과음이 됩니다. 나는 그레고리안 성가를 아주 좋아합니다. 그것은 나에게 음악에만 그치지 않고, 천상의 풍경으로 가슴에 다가옵니다.

윤호병 시인님, 이 시를 선생님의 역저《한국 현대시와 가톨리시즘 Catholicism》에서 크게 인용해주신 것 감사드립니다만 사실 이 시에서 내가 노렸던 것은 내 신앙을 고백하려는 것도 아니었고 어두운 상처나 운명을 슬퍼하려는 것도 아니었습니다. 이 시의 배경은 보시다시피 저녁의 조용한 바닷가입니다. 저녁으로 물들어가는 해변에는 정말 이상하게 아무도 없었습니다. 구름이 살 색깔을 바꾸고 바다가 천천히 얼굴을 붉힌 것은 정말이지 아무 소리도 없이 벌어졌습니다. 바다의 소금기가 잠시 쓰라렸고, 내 상처를 결국 아물게 했고 그다음에 내가 고개를 숙이고 다가간 것뿐입니다. 나는 말했습니다. 상처가 다 나았습니다. 고맙습니다. 나는 당신과 함께 조용한 꿈을 함께 꾸고 싶습니다. 지금은 사방이 어두워오는 저녁이고, 밤이 곧 오니까요. 나는 바로 내일 무슨 일이 일어날지를 생각하지 않았고 마냥 행복하기만 했습니다. 그렇습니다. 그날 저녁 그 넓고 한적한 해변에서 작은 움직임을 보인 것은 정말이지 나 혼자였습니다. 나는 당신께 다가갔습니다. 그러자 소름끼치게 아름다운 그레고리안 성가의 단선율이 온 해변을 덮기 시작했습니다. 그건 그냥 환각이었을까요? 정결한 밤이 물감 번지듯 주위를 적시기 시작했습니다.

온유溫柔에 대하여

온유에 대하여 이야기하던
그 사람 빈집 안의 작은 불꽃이
오늘은 더욱 맑고 섬세하구나.
겨울 아침에 무거운 사람들 모여서
온유의 강을 조용히 건너가느니
주위의 추운 나무들 눈보라 털어내고
눈부신 강의 숨결을 받아 마신다.

말과 숨결로 나를 방문한 온유여,
언 손을 여기 얹고 이마 내리노니
시끄러운 사람들의 도시를 지나
님이여 친구가 어깨 떨며 운다.
그 겸손하고 작은 물 내게 묻어와
떠돌던 날의 더운 몸을 씻어준다.

하루를 마감하는 내 저녁 속의 노을,
가없는 온유의 강이 큰 힘이라니!
나도 저런 색으로 강해지고 싶었다.
불타는 뜬구름도 하나 외롭지 않구나.

이 시를 들출 때면 첫 번째로 생각나는 것이 평론가 남진우 교수의 글이다. 어느 글에서인가 그분은 이 시를 좋게 평해주면서, 우리 사회에서 사어가 되어버린 '온유'라는 단어를 이 시가 다시 살려냈다고 했다. 나는 그 글을 읽고 속으로 뜨끔했다. 훌륭한 현장 문학평론가이자 시인이며 대학에서 문학을 가르치는 남 교수가 공연한 말을 했을 리가 없고 틀릴 수도 없으니, 내가 고국에서 지금은 쓰고 있지 않은 단어를 멋모르고 사용한 격이 된 것은 아닌지 좀 부끄러웠던 것이다. 그러나 한편으로는 무언가를 다시 살려냈다는 말이 큰 위안으로 들리기도 했다. 이제는 종교적인 단어가 되어버린 듯한 이 온유라는 단어를 나는 아직도 무척 좋아한다. 그래서 혹 누가 못 알아 들을까 봐 이 시의 제목에서 온유를 일부러 한문자로 썼고 본문에서도 온유라는 단어를 선전하듯이 세 번이나 써먹었다. 다른 시인도 마찬가지겠지만 나는 한 편의 시에서 같은 단어를 한 번 이상 쓰는 것에 몹시 신경을 쓰는 타입인데, 그런 면에서는 이 시가 약간 파격적이라고 할 수 있다.

쉽게 느낄 수 있다시피 이 시는 기독교적인 종교적 냄새를 피운다. 이런 분위기를 모두 감추려하지는 않지만 나는 시에서 종교적인 냄새가 너무 나지 않도록 각별히 신경을 쓰는 편이다. 특히나 직설적인이고 평면적인 구도의 종교적인 시는 시로서는 물론이고 종교적인 설득력도 없을 것이라고 믿고 있다. 그러나 그런 분위기를 완전히 제거하려고 허겁지겁 알레르기를 일으키는 것이나 무조건 터부로 모는 시인도 못 미덥기는 마찬가지다. 자신이 무엇을 첫 번째 의미로 놓고 사는지도 모른다면 그런 사람의 시는 읽으나마나 한 것이 아닐까. 나는 이 시에서 연륜을 복선으로 깔면서 온유가 믿는 자의 힘이 될 수 있다는 것을 말하고 싶었다.

2002년 9월 어느 날, 뉴욕의 105층짜리 무역센터 두 개가 피랍된 비행기의 충돌로 무너지고 삽시에 수천 명이 몰살당했다. 일주일에 세 번씩 아침마다 그 빌딩의 105층에서 아침 식사를 하고 회의에 참석하던 내 아들이 그날은 올라가지 않는 날이라 구사일생으로 목숨을 건졌다. 하지만 몇 시간 안에 무너져 내릴 빌딩이 연기를 뿜어내는 광경과 무서운 열기를 못 참고 까마득한 높이의 빌딩에서 죽음으로 떨어져 내리는 수많은 사람을 텔레비전으로 보면서 나는 참담한 마음을 금할 수 없었다. 꼭 이렇게 사람을 다 죽여야만 한단 말인가. 그때, 죽을 시간만 기다리며 빌딩 안에서 절망의 시간을 보내던 이들이 한 일은 무엇이었을까. 나중에 밝혀졌지만 그들은 단 한 사람의 예외도 없이 모두가 핸드폰으로 자기가 사랑하는 사람, 가족, 자식들에게 마지막 전화를 했다고 한다. 한 명의 예외도 없이. 그리고 그들의 마지막 말은 모두 한결같이 당신을 사랑한다는 말이었다고 한다. 그렇다, 사랑하고 사랑받았다는 것. 그 확인 말고는 세상의 끝장에 필요한 것은 아무것도 없었던 것이다.

돈 벌기에 바쁘고 일상사에 바빠서 시간의 여유가 없어질수록 인간의 내면은 피폐해지기만 한다. 사랑이나 존경이나 동정이나 배려 같은 인간의 온유한 마음은 바쁜 일상사에 씻겨 사라져버린다. 순수한 사랑의 단 하나의 질료인 온유한 마음. 이것이야말로 우리의 한 생애에 제일 필요하고 유일한 것임에도 불구하고……

축제의 꽃

가령 꽃 속에 들어가면
따뜻하다.
수술과 암술이
바람이나 손길을 핑계 삼아
은근히 몸을 기대며
살고 있는 곳.

시들어 고개 숙인 꽃까지
따뜻하다.
임신한 몸이든 아니든
혼절의 기미로 이불도 안 덮은 채
연하고 부드러운 자세로
깊이 잠들어버린 꽃.

내가 그대에게 가는 여정도
따뜻하리라.
잠든 꽃의 눈과 귀는
이루지 못한 꿈에 싸이고

이별이여, 축제의 표적이여.
애절한 꽃가루가 만발하게
우리를 온통 적셔주리라.

나는 이 시에서 내가 정성껏 그린 꽃 한 송이를 보여주고 싶었다. 그 꽃은 아름답고 화려하고 때로는 선정적이고 관능적일 수도 있도록, 내가 생각해낼 수 있는 단어와 분위기와 향기를 조화롭게 섞어주려고 했다. 그러면서도 나는 꽃이 가지고 있으리라고 굳게 믿고 있는, 눈에 보이지 않는 순하고 포근하고 부드럽고 조용한 성품을 또 그려넣고 싶었다. 그래서 이 어렵고 힘들고 수상한 우리의 생에 아무 걱정도 없이, 앞뒤 잴 것도 없이, 온몸으로 순수 자체를 그리워할 수 있는 시간이 존재하리라는 것을 믿고 싶었다. 그런 기다림 속에서야 우리는 축제를 준비할 수 있다고 생각하였다.

내게 축제의 날은 우선 꽃이 피는 때가 아니고 꽃이 지는 때라는 믿음이 있었다. 꽃이 피는 때에는 기대와 희망과 덜 익은 축하가 이어질 것이다. 하지만 꽃이 지는 시간에는 추억의 긴 세월, 수많은 경험으로 얻은 고난과 기쁨의 시간을 두루 거치고, 완성된 미학으로 생을 받아들일 수 있을 것이라고 생각했다. 그보다 더 귀한 시간이 어디 있겠는가. 소멸의 시간이야말로 우리의 절정이고, 절정이야말로 우리가 가질 수 있는 완전한 소멸의 시간에 얻어진다고 나는 굳게 믿었다.

온 세상에 꽃잎이 흩날린다. 날리고 또 날리고 또 날린다. 이보다 더 아름다운 축제의 날을 어디서 마련할 수 있을까. 내가 너무 심미주의자여서일까, 아니면 회의주의나 패배주의자여서일까, 아니면 비관적이고 염세주의적인 심상이 있어서일까. 그러나 꽃잎이 하루 종일 날려 어디로 날아가버리는 그 덧없음의 아름다움보다 더 깊은 것이 어디 있으며, 소멸의 침묵보다 더 조용한 것이 어디 있겠는가. 바로 그 순간이 축제의 시기고 그 풍경이 축제의 화려함이어야 한다고 나는 믿었다.

이루지 못한 꿈이나 실패한 의도가 우리들이 피곤하게 걸어가는 보도에 여기저기 널려 있다. 그들의 이루지 못한 꿈을 줍자. 그들의 이루지 못한 꿈의 눈물을 줍자. 그 눈물의 구슬을 줍자. 그 구슬의 보석을 줍자. 그 보석을 알아보는 자만이 내 진심을 아는 자고 나도 그의 진심을 이미 알고 있을 것이다. 그래서 우리의 축제는 이별의 시간에 벌어진다. 이별의 슬픔을 모르는 자가 어찌 축제의 진정을 알고 즐길 수 있으랴. 어둠이 없으면 빛이 없고 미움이 없으면 사랑이 없고, 불신 없이 믿음이 없고, 죽음이 없이 부활은 없다는 것을 우리는 안다. 이별이 없는 만남은 없다. 우리는 만남을 위해 이별의 기쁨을 노래한다. 그래서 이별은 오늘, 우리의 축제를 드디어 완성한다.

6

누구도 걸어보지 않은 길로

도마뱀

내가 사는 외국의 동네에는 도마뱀이 많이 산다. 10센티 정도의 길이가 동작 재빠르고 눈치도 빠르다. 가끔은 죽은 듯 오래 움직이지 않는 재주도 있다. 영리한 이 도마뱀을 잡으면 잡힌 부분을 스스로 쉽게 끊어버리고 도망간다. 짧게 꼬리를 잡으면 그 꼬리를 버리고, 길게 잡아도 몸의 반쯤만 한 꼬리까지 포기하고 도망쳐버린다. 그런데 나는 단한 번도 꼬리 잘린 도마뱀을 본 적이 없다. 그런 도마뱀은 숨어서만 사는 것일까. 아니면 요술같이 새 꼬리가 금세 자라나는 것일까.

내가 도마뱀의 끊어진 꼬리를 두 개나 가지게 된 날 밤, 나는 내 머리가 없는 것을 알았다. 처음 가졌던, 내 아버지가 주신 머리가 없는 것을 알았다. 고국의 친구가 그랬을까. 하느님같이 큰 손이 그랬을까. 머리를 잘 세워 생각을 옳게 고쳐주려고 내 머리를 잡았던 것인가. 나는 귀찮은 참견이 싫어 내 머리를 끊어주고 도망치고 말았던가. 머리 없는 몸뚱이와 사지만으로 죽은 듯 움직이지 않고 숨어 사는 도마뱀. 가끔은 내 머리가 그리워진다. 잘려나간 내 머리는 지금쯤, 무엇을 생각하며 살고 있을까.

저녁이면 어디선가 귀뚜라미 우는 소리가 들리는 가을 중반, 이른 아침에는 선선한 바람이 불어주기도 하는 요즈음, 신문을 집으러 문밖에 나서니 여기저기에 발 빠른 도마뱀이 분주하게 돌아다닌다. 얼마나 빠르게들 왔다 갔다 하는지 내 발소리가 겨우 들릴 만한 거리에서도 그 조그만 것들은 나무 뒤나 잡풀 속으로 허겁지겁 몸을 숨긴다. 나는 미국의 남쪽으로 이사 오기 전까지는 보기가 흉측하다는 선입감 때문에 도마뱀을 좋아하지 않았다. 한데 도마뱀이 주위의 해충이나 벌레들을 잡아먹어 사람에게 이로운 동물이라는 것을 알게 된 이제는 그리 흉하게 보이지만은 않는다. 겨울에도 꽃이 만발하는 이 고장은 얼음이 얼지도 않는데, 도마뱀들은 이제 한 달만 지나면 내년 봄까지 네 달 정도 우리 집 뜰에서 그 모습을 완전히 감출 것이다. 아마도 미세한 기온 차이도 느낄 수 있는 도마뱀들은 뱀들같이 동면을 하는가 보다.

이 시는 그렇게 필사적으로 도망가는 도마뱀의 특성 중 하나를 보고 지었다. 도마뱀은 누군가 그 기다란 꼬리를 잡으면 살기 위해 본능적으로 잡힌 꼬리를 순식간에 스스로 끊어버리고 도망을 친다. 이것에서 나는 바른 생각을 하라며 내 머리를 잡으셨던 돌아가신 아버지의 손길을 떠올렸다. 나는 귀찮아서 머리를 끊어버리고 도망쳤던 것은 아닌가. 그래서 외국에서 이렇게 오래 정신 놓고 살고 있는 것은 아닌가. 잘려나간 내 머리는 지금쯤 혼자 무엇을 생각할까. 이렇게 의아해하는 것이 이 시의 전체다. 산문적으로 풀어서 쓴 시이기 때문에 더 이상 설명할 것도 없다. 그런데 내 친구에게는 설명이 필요하다.

내가 전해준 시집을 받고 이 시를 할 수 없이 읽은 내 가까운 의사 친구는 전혀 이해가 안 간다고 내게 물었다. 다리를 끊었거나 귀를 끊었다면 믿겠다, 그런데 머리가 없으면 우선 살 수가 없는데 내 머리가 무슨 생각을 하는지 궁금하다니, 도대체 무슨 소리를 하는 것이냐? 물론 나는 그 친구에게 명쾌한 해답을 해줄 수는 없었다. 문학이 그렇게 해부학적이 아니라고 말을 해도 이해가 갈 것 같지가 않아 입을 차라리 다무는 편이 나았다. 이 친구는 물론, 내 의대 동기들은 의대 졸업 때 대학 졸업 자격을 검사한다는 학사고시라는 것을 치렀는데, 그 중 국어 시험에서 "모가지가 길어서 슬픈 짐승이여,/언제나 점잖은 척 말이 없구나./관이 향기로운 너는/무척 높은 족속이었나 보다."라는 예문의 시에서 "모가지가 긴 이 짐승"은 아래 중 무엇이냐는 질문에 하나같이 사슴을 뽑지 않고 기린을 뽑은 친구들이다. 그게 정답이 아니라는 내 말에 너무나 놀라면서 이래서 시를 싫어한다고 불평하던 친구들이다.

고국에 사는 몇몇 문인 친구를 빼면 내가 새 시집이 출간될 때마다 책을 건네는 사람의 대부분은 이들이고, 외국의 내 생활에서 만나는 사람의 대부분도 의사 직업을 가진 이들이다. 국내외에서 뛰어난 실력을 갖춘 내 친구 의사들이나, 나보다 몇 해 선배거나 후배인 이들은 열에 아홉이 평생에 시집을 사본 경험이 없다. 시인이라고 하면 정신이 좀 부실한 사람 정도로 알면서도 시인 친구를 가졌다고 남에게는 자랑하는 이들이다. 불행하게도 나는 이 친구들이 좋을 뿐 아니라 많은 이들을 진심으로 존경한다. 그들은 자기의 생을 다 바쳐 남의 생명을 살리

214

려 애쓴 이들이고 자신의 건강이나 자기 가족의 평안보다 남의 고통과 생명을 우선해 거기에 온몸을 던져온 이들이 대부분이기 때문이다. 나는 입으로나 글로만 성인군자연하거나 최고의 지성인을 자처하는 이들을 별로 존경하지 않는다. 그래서 나는 내가 존경하는 이들을 위해 그들이 알아들을 수 있게 시를 쓰려고 하고 이해받으려고 노력하며 산다.

알래스카 시편 1

1

네가 올 때까지는
물소리밖에 없었다.
높은 빙산이 녹아 흐르는
연둣빛 물소리밖에 없었다.
네가 오고 나서야 비로소
분홍빛의 밝고 진한 잡초 꽃들이
산과 골을 덮으면서 피어났다.
그리고 바람이 늦게 도착했다.

분홍 꽃들이 바람과 춤추고
가문비나무들은 그늘 쪽에 서서
장단에 맞추어 몸을 흔들었다.
왁자하던 꽃들이 잠잠해지자
저녁이 왔다. 정말이다.
네가 여기 올 때까지는
물소리밖에 없었다.

2

당신은 머리를 잠시 들어
주위를 살폈을 뿐이라고 하지만
당신이 와서야 파란 하늘이 생겼다.
정말이다. 지난날의 솜 덩어리들
하늘 밑에 구름도 생겼다.
잡초 꽃들이 고개 한 번 숙인 것 같은데
양쪽으로 분홍빛 길이 만들어졌다.

저 높은 끝에서 여기까지 오는 길.
누구도 걸어보지 않은 길로
당신이 화해를 하자며 다가왔다.
정말이다. 잡은 당신의 손이
따뜻하고 편안하게 느껴졌다.
내가 걸어가야 할 남은 길이
옛날같이 다정하고 확실하게 보였다.

몇 해 전 처음으로 알래스카에 갔을 때의 감동은 대단했었다. 혹 다시 못 올지 모른다는 생각 때문에 2주 반의 알래스카 여행 중 되도록 많은 곳을 구경하고 어지간한 경험은 다 해보려고 했었다. 그래서 북미에서 제일 높은 얼음산 매킨리의 꼭대기를 구경하겠다고 네 사람이서 경비행기를 타고, 허술한 경비행기 틈새로 불어오는 얼음바람을 받아가며 가까스로 산 하나를 넘고 다시 넘었다. 그러다가 갑작스러운 기압골의 변화로 혼쭐나게 죽을 고생도 했고, 연어를 잡으며 연어의 굉장한 힘에 놀라기도 하고, 집채만 한 갈색곰을 만나 위험을 겪기도 했다. 크루즈로 태평양 연안을 여행하는 일주일은 알래스카의 대부분의 도시를 보고 항구 구경을 하는 것뿐 놀라울 것은 별 없었지만, 내륙 지방으로 들어가 데날리 국립공원 주위에서의 며칠은 너무나 황홀한 절경의 연속이었다. 특히 온 대륙에 널리 퍼져 어디에나 한없이 피어 있던 광활한 평원의 분홍빛 들꽃은 내 몸을 자꾸 꿈속으로 끌어들이려는 듯해서, 정신이 몽롱해질 지경이었다. 파이어위드Fireweed, 분홍바늘꽃이라고 부르는 이 잡초 꽃은 알래스카의 어이없이 넓은 툰드라의 벌판에 어디나 펼쳐져 있어, 우리가 아직 꿈속에 있다는 것을 자꾸만 확인시켰다.

산길 옆으로 깎아놓은 듯 높은 산, 또 그런 산과 산 사이로 쉼 없이 콸콸 쏟아져 내리는 연둣빛과 초록빛과 흰빛의 폭포수와 그들이 고여 살고 있는 호수는, 알래스카의 엄청난 풍경에서 유일하게 움직이는 생명 같은 것이었다. 그리고 우리가 본 수천, 수만, 수십만 마리의 연어

떼는 산란을 위해 강물 길을 계속 거슬러 올라가고 있었고, 좁은 강을 완전히 메우고 있었다. 엄청난 연어 떼에게 강물을 발라놓은 듯, 산란의 길은 출근시간의 올림픽대로보다 더 빡빡하게 차서, 모든 연어가 몸을 다 함께 붙이고 행진하는 듯했다. 거기다가 하루만의 여행이었던 포트유콘Fort Yukon에 올라가서 본 그 밤의 오로라, 그 극광의 무시무시하고 휘황한 광경, 움직이는 비현실적인 색과 소리는 온몸에 소름을 돋게 하기에 충분하였다.

두 연으로 나뉘어 있는 이 시에서의 초점은 두 번째의 마지막 연에 있다. 알래스카를 여행하며 나는 자연에 완전히 압도되었고, 훼손되지 않은 자연의 아름다움에 탄성을 멈출 수가 없었다. 아옹다옹, 엎치락뒤치락하는 우리네의 삶이 부끄러웠고 너무나 값없이 느껴졌다. 누가 더 잘 살고 누가 더 머리가 좋고 누구 키가 더 큰가를 매일 비교하며 사는 우리네의 삶이 너무 비참하고 단세포적이고 그래서 초라하게만 느껴졌다. 너무 크고 너무 아름다워서 차라리 아무 소리 없이 느긋하고 자애로운 모습으로 보이는 알래스카의 모든 풍경 앞에서 나도 모르게 내 하느님을 그려보게 되었다. 그리고 내 안에 그가 현존하고 있음을 느끼고, 혼자서 기쁘고 감사하는 마음을 누를 수가 없었다.

"저 높은 끝에서 여기까지 오는 길"은 깎아지른 높은 산에서 내가 서 있는 곳까지의 거리도 되지만, 하느님이 계신다고 일반적으로 칭하는 그 '높은 곳'으로부터 자연의 아름다움과 장엄한 경치를 통해 하느님의 성령이 내게 오는 것으로 표현하려고 했다. 그래서 이 시에서는 알래스카의 모든 것이 연극무대의 장치와 조명과 소도구가 되고, 알래스카에도 계시는 하느님의 성령과 언제나 볼품없는 나와의 만남에 초점을 맞추어 꾸며본 것이다.

꿈꾸는 당신

내가 채워주지 못한 것을
당신은 어디서 구해 빈 터를 채우는가.
내가 덮어주지 못한 곳을
당신은 어떻게 탄탄히 메워
떨리는 오한을 이겨내는가.

헤매며 한정없이 찾고 있는 것이
얼마나 멀고 험난한 곳에 있기에
당신은 돌아눕고 돌아눕고 하는가
어느 날쯤 불안한 당신 속에 들어가
늪 속 깊이 숨은 것을 찾아주고 싶다.

밤새 조용히 신음하는 어깨여,
시고 매운 세월이 얼마나 길었으면
약 바르지 못한 온몸의 피멍을
이불만 덮은 채로 참아내는가.

쉽게 따뜻해지지 않는 새벽 침상,

아무리 인연의 끈이 질기다 해도
어차피 서로를 다 채워줄 수는 없는 것
아는지, 빈 가슴 감춘 채 멀리 떠나며
수십 년의 밤을 불러 꿈꾸는 당신.

내가 긴 세월 동안 엉뚱한 나라에서 꿈속을 헤매듯 살아왔듯이, 당신도 오랫동안 길고 아름다운 약속만 간직하고 내게서 얻지 못한 따뜻한 보살핌을 늘 찾고 있었던 모양이지. 나는 그런 것도 모르고 미련하게도 앞으로 행진만 하는 생을 살아온 모양이지. 정말 그럴까. 그러나 어쩌겠나. 당신이 살아온 길이 어려웠듯이 내가 살아온 길도 결코 쉽고 평탄하지만은 않았지. 아마도 이제야 우리가 함께 느끼고 있는 것은, 아무리 우리의 인연이 질기다고 해도 한계가 있기 마련이란 것이지. 그 한계는 우리가 살아 있는 한 어쩔 수 없이 우리 사이에, 그리고 모든 인간 사이에 존재하는 것이지. 바로 그 진리의 폭풍이 우리를 여기까지 몰고 온 것일까. 내가 당신을 원망한 것도 당신이 나를 원망한 것도, 앞을 볼 줄 모르는 우리가 무모한 욕심을 품었기 때문이고 세상에 대한 우리의 집착이 너무 심했던 때문은 아니었을까.

세상에는 65억이 넘는 인간이 산다고 하지. 그 65억이란 숫자가 얼마나 큰지는 실감할 수 없지만 그 사이에 당신과 내가 이렇게도 오래 만나온 것은 기적 같은 것이라고 설명할 수밖에 없겠네. 당신이 외로웠던 날은 대개 어떤 날이었을까. 활짝 갠 날, 비 오는 날, 어두운 저녁녘, 아니면 한밤중? 비 오시는 날, 눈 오시는 날, 꽃 피는 봄, 더운 여름날, 단풍 고운 가을, 아니면 추운 겨울밤이었을까. 그런 것들과는 관계가 없다면, 혹 주위의 인간이나 나와 관계된 실망감, 모욕감, 허탈감, 배신감 같은 것을 느껴졌을 때? 세월은 가는 것도 오는 것도 아니고 단지 우리가 시

간이라는 틀 속에 감금되어 세월 속을 가고 오고 할 뿐이라고 하는군. 그런데 우리는 그 안에서 영원한 사랑을 약속하기도 하고 가치 있는 일을 할 수 있다고도 믿으면서 계속 바보스러운 말을 함부로 해온 것은 아닐지. 폭풍처럼 열정적인 사랑도 인간이라면 1년 반을 지속할 수가 없다고 하고, 강렬한 사랑 뒤에 오는 책임감조차 3년을 갈 수가 없다고 하네. 그다음은 모두가 인내심일 뿐이라는군. 강렬한 사랑에서 오는 기쁨은 대뇌의 특정 부분에서 분비되는 도파민, 옥시토신과 엔도르핀 같은 호르몬의 분비가 증가되어 혈류 내에 그 호르몬이 늘어난 결과이고, 그래서 건강에도 도움이 되고 피부나 몸의 장기에까지 좋다고 하네. 그런데 그 신비로운 감정이, 그 호르몬의 흐름이, 2년도 가지 않아 완전히 말라버린다니…… 이런 연구 결과가 최근 수년간 발표된 여러 연구소의 일치된 소견이라니, 우리의 사랑은 그 얼마나 허망한 것인지. 그런 허약하고 덧없는 사랑을 위해 우리는 하나뿐인 목숨을 걸기도 하고 문학은 수천 년 같은 이야기를 계속 되풀이하고도 있지.

미안해. 그 말밖에는 이제 할 말이 없네. 우리에게 남은 세월은 이제 정말 얼마 남지가 않았기 때문이기도 하지만, 여기저기서 내가 남긴 약속은 점점 색이 바래가고 거짓말이나 헛소리처럼 불쌍하게도 계속 변해가고 있기 때문이기도 하네. 모쪼록 당신에게 남은 세월이 당신을 기쁘게 하기를. 당신에게 아직도 남아 있는 현명함과 너그러움이 당신의 남은 시간에 풍족한 빛이 되어 당신을 더욱 아름답게 빛내주고 지혜로운 용기로 감싸주기를. 비록 초라하기는 하지만 우리의 과거가 비바람 속에 다 흩날려가기 전에 당신을 사랑한다는 말 한마디를 당신에게 남겨놓고 싶어.

가을, 상림에서

경상남도 함양군 긴 숲길의 어디쯤
당나라 시대의 존경과 고관직을 버리고
망해가던 조국에 돌아온 최치원의 구름이
오늘은 잡목 사이에 서서 바람을 잡고 있네.
그 가을 상림의 따뜻한 흙길을 걸으며
구절초 몇 무더기로 피어난 그를 만나느니
비단옷 벗고 귀국한 연유를 아무리 물어도
냇물 소리 나는 쪽으로만 흰 손을 던지네.

오래전 내가 남기고 떠난 숲과 길과 냇물이여,
꽃 한번 피워보기도 전에 가을이 무르익었으니
탕진한 내 씨앗은 어디서 찾을 수 있겠는가.
지나온 시간의 날개들 쉬는 조촐한 곳에서
이제는 떠나고 싶은 도시 더 이상 없지만
떠돌이의 헌 거지가 되어 간곡하게 묻노니
닳아지고 구겨진 내 어깨를 내릴 곳은 어디인가.
상림의 시대를 밟고 도망간 나라는 어디였는가.

몇 해 전, 어느 좋은 가을날 오후에 함께 여행하던 친구들과 경남 함양의 상림上林이라고 부르는 숲을 찾았다. 숲이라기보다는 나무가 우거진 잘생긴 흙길이었다. 그 길을 즐기며 오래 걸었다. 왜 그렇게 마음이 푸근해지고 보이는 풍경이 모두 애잔한 모습이었을까. 특별히 이름을 기억해야 할 유명한 나무도, 꽃도, 절터도 없는 이 밋밋한 길을 걸으며 신라 말기의 큰 학자이고 문장가이고 정치가였던 최치원을 생각해보는 일은 내 가슴을 아리게 했다.

최치원은 열두 살이라는 어린 나이에 당시 문명국이었던 당나라로 유학을 떠났다. 그는 그곳에서 많은 공부를 하고 7년 만에 과거 시험을 거쳐 벼슬길에 올랐다. 뛰어난 문재로 시작에 몰두하여 오언·칠언의 근체시 등을 발표하면서 당나라 조정에도 잘 알려질 정도의 큰 문장가가 되었다. 그는 후에 당나라 역사서에도 오를 정도로 큰 이름을 가지게 되었는데, 당나라 생활 17년 만에 그토록 그리던 고국 신라로 돌아와서는 큰 뜻을 펼쳐보지 못했다. 처음에는 한림학사 등의 높은 직책에서 혼신의 노력을 기울이기도 했지만 부패한 신라 조정의 반대에 부딪쳐 정치에 대한 큰 포부를 포기해야 했다. 그리고 이곳 함양과 서산 등지의 태수로 몇 년씩 겉돌며 중앙으로부터 떨어져 지냈다. 결국 그는 비교적 젊은 나이에 모든 명예로운 자리에서 은퇴하고 해인사 근처에 은거하다가 어딘가로 사라졌다고 한다. 나중에 그가 자살로 생을 마감했을 것이라는 소문만 떠돌았다. 그 최치원이 치산치수를 위해서, 또 함양의 우아함을 나타내기 위해서 만들었다는 곳이 바로 이 상림이다.

젊은 날 외국에서 온갖 존경을 한 몸에 받던 그가 조정의 높은 벼슬자리에서 물러난 뒤 자주 걸었을 이 길. 그는 무엇을 생각하며 이곳을 거닐었을까. 온갖 새소리와 틈새가 보이지 않는 여름 그늘에 묻혀, 그는 구절초 한 떨기의 인사를 받겠을까. 그런 생각을 하면서 문득 황혼으로 접어드는 내 생을 뒤돌아본다. 젊은 날에 나도 고국을 떠났다. 17년이 아니라 40년이 되도록 귀국은 언제나 꿈속의 희망사항일 뿐, 구차한 핑계로 나는 아직도 외국의 먼지 속을 헤매며 살고 있다. 최치원과 비교를 한다는 것은 어불성설이지만, 내가 만약 고국을 떠난 지 17년 만에 귀국했다면 뛸 듯이 기뻐하며 해야 할 일을 했을까. 아니면 안타까워하며 모든 것을 포기했을까. 고국의 생활은 어떤 사람들과의 어떤 인연으로 어떻게 계속되었을까. 탕진한 내 생은 과연 언제쯤 시들어 이 상림을 찾아와 한숨을 몰아쉬었을까.

이름 부르기

우리는 아직 서로 부르고 있는 것일까.
검은 새 한 마리 나뭇가지에 앉아
막막한 소리로 거듭 울어대면
어느 틈에 비슷한 새 한 마리 날아와
시치미 떼고 옆 가지에 앉았다.
가까이서 날개로 바람도 만들었다.

아직도 서로 부르고 있는 것일까.
그 새가 언제부턴가 오지 않는다.
아무리 이름 불러도 보이지 않는다.
한적하고 가문 밤에는 잠꼬대 되어
같은 가지에서 자기 새를 찾는 새.

방 안 가득 무거운 편견이 가라앉고
멀리 이끼 낀 기적 소리가 낯설게
밤과 밤 사이를 뚫다가 사라진다.
가로등이 하나씩 꺼지는 게 보인다.
부서진 마음도 보도에 굴러다닌다.

이름까지 감추고 모두 혼자가 되었다.
우리는 아직도 서로 부르고 있는 것일까.

엄밀히 말하면 시란 대상을 향한 말하기이다. 시의 본질은 두 개의 주체 사이의 대화이고 시의 생명은 대화성이라고 내로라하는 러시아의 문학 이론가 바흐친도 말했다. 그래서 화자의 주장과 노래에 화답하는 청자가 있어야 하는 복수성이 시의 기본 조건이 된다. 그런데 나는 그런 조건에 너무 집착하고 있는 것일까. 나의 많은 시들은 이름 부르기에 목이 쉴 정도다. 내가 존경하는 시인 김광규가 말한 '시란 혼자 중얼거리기'라는 점잖은 말이 그래서 내게는 어렵고 부럽기만 하다.

좀 이른 은퇴를 하고 이사를 온 곳은 오랜 외국 생활 중에 그나마 사귀어온 친구도 없는 곳이었다. 은퇴를 하였으나 내가 살고 싶은 고국을 빼고는 딱히 가야 할 곳이 있을 리 없고, 사실은 어디가 어딘지도 알지 못했고 알고 싶을 이유도 별로 없었다. 그저 겨울에도 날씨가 따뜻하고 청명한 것만이 고마웠다. 매일 눈을 뜨면 해가 뜨고 저녁이 지나면 해가 지고 어두워졌다. 그리고 밤이 몰려오고 집 밖의 어디서는 풀벌레들의 소리가 끊어질 듯 이어졌다. 저녁과 밤 사이 시간에 제일 귀에 잘 잡히는 소리는 새소리였다. 그때가 가을이었던가, 이사를 온 지 얼마 되지 않아 나는 집 앞의 나무에 두 마리 새가 매일 찾아오는 것을 알게 되었고 서로 장난을 치며 짹짹거리는 광경을 볼 기회가 많았다. 그리고 어느 날부터 그중 한 마리가 갑자기 보이지 않았다. 나머지 한 마리만 매일 같은 나무에 앉아서 울다가 떠나곤 했다. 어느 밤에는 새는 보이지 않고 끊어질 듯 이어지는 한 마리 새의 울음소리가 그렇게도 내 마음을 아프게 했다. 그런 아픔이 내게 새삼스럽게 느껴진 것은 아마도 전에는 그런 것에 신경을 쓸 시간이 없어 관심을 줄 수 없었던 때문일 것이다. 그렇게 한 일주일이 지나갔을까, 혼자서 쓸쓸한 목소리로 울어대던 그 외톨박이 새도 드디어 나타나지 않았다. 나도 그렇게 혼자 울고 있었던 것일까. 아무도 찾아오지 않는 이 외국의 한 끝에서 울다가 지쳐서 혼자 스러져버리는 것일까.

늙어가는 나이에는 외국의 오랜 세월이 한마디로 허황하다. 자식들은 다 자라서 집을 떠나 자신들의 보금자리를 틀었고 덩그러니 나이든 부부가 앉으면 할 말도 할 일도 찾기가 마땅치 않다. 나와 무슨 인연인지 같은 고등학교와 같은 의과대학은 물론 군대까지 함께 가서 대한민국 공군장교의 군번이 함께 붙어 있는 친구가 있다. 그 친구와는 미국에도 같은 때에 떠났고 외로운 이국 생활 중 거의 40년의 세월을 근처의 동네에서 이웃하며 늙어왔다. 친구 부부는 부부간의 사랑도 남달라 늘 주위의 부러움을 사왔는데, 부인이 몇 해 전 갑작스레 돌아가셨다. 어처구니없어하는 주위사람들의 애도의 정도 컸지만, 무엇보다 홀로 남은 친구가 하루하루 살아가는 모습이 너무나 애처롭고 측은하기만 했다. 지금도 용기를 주고 외로워하지 말라고 자주 만나기는 하지만, 주눅이 들어 죄인같이 풀죽어 있는 모습은 보는 이의 마음을 아프게 한다. 그래서 가끔은 부부 사이라는 게 너무 가까워도 안 되겠구나 하는 생각까지 들게 한다. 이 친구는 자기가 혼자일 때, 외로울 때, 얼마나 애타게 자신의 죽은 부인을 부를까. 그 애간장 타는 신음과 함께 이름 부르는 소리를 하늘의 부인은 듣기나 할까. 오늘도 착한 친구의 쓸쓸한 목소리를 생각하면 공연히 내 가슴이 많이 아파온다.

악어

또 먹기만 하면서 하루를 보냈다. 아픈 것에도 다 의미가 있다지만 해질녘이면 삭정이 가슴이 조인다. 풍경들이 점점 멀어지고 무엇이 살아 있다는 신호인지 분별이 되지 않는다. 꿈의 제일 밑층에 살던 냉혈동물이 불면증으로 신음한다. 머리에 두 개의 충혈된 눈을 달고 악어한 마리 집 앞의 호수에서 떠오른다. 악어 우는 소리를 밤마다 들으며 선잠에서 깨어나 불치不治의 냄새로 아침까지 헤엄쳐 간다.

악어는 모두 혼자 산다. 짝짓기의 며칠과 새끼 키우는 철을 지나면 모두 혼자서 자고 먹는다. 날카로운 3천 개의 이빨이 악어의 일생 중에 부러졌다가 다시 생긴다. 따뜻한 기온에서 부화된 알은 모두 수컷이 되고 차가운 물에서는 암컷만 나온다. 물에서는 귀와 코와 기도를 닫고 눈꺼풀 하나도 닫는다. 악어는 파충류, 그렇게 왔다 갔다 물에서도 땅에서도 산다. 고국과 외국에서 오락가락 살고 있는 나도 눈감고 사는 파충류, 또는 양서류인가.

20년 전쯤 내 친구는 악어를 조심하라며 복개된 청계천 밑에는 악어들이 새끼 치며 산다는 소문까지 일러주었다. 그 악어들 다 자라서 한강으로 내려가 살고 있는지. 황해나 태평양 바다에서는 오래 살 수 없을 테니 지금은 누구 가슴에 숨어 살고 있을까. 얼마 전 환하게 복원된 청계천에는 맑은 물에 물고기들 뛰며 놀던데. 기념식 날 청계천에서 만난 그이들이 설마하니 악어의 환생은 아니겠지.

악어 고기를 잘게 저미고 튀겨서 술안주 삼아 자주 먹어대는 이 마을로 이사를 온 뒤에야, 사람이 악어를 조심하기보다 악어가 영악한 사람을 조심하고 있다는 것을 알았다. 찢긴 타이어 같은 갑옷을 입고 배부르면 한 달씩 아무것도 먹지 않고 명상과 수면으로 시간을 헤매는 악어. 악어는 더 이상 보호 동물이 아니지만 지난 태풍에 많이 죽어 고기 값과 가죽 값이 급등했다는데. 악어는 왜 아직도 아무 말 없이 뻘밭을 기며 외국에서 혼자 사는가.

안녕하세요?
누구세요?
저예요, 저, 저,
글쎄, 누구실까,
목소리는 귀에 익은데—
몸속 깊이 감추어둔

내 부끄러움이 목을 조인다.
저예요, 진 땅에서 우는 아들,
버려진 회색 배경이 시들고
해지면 온 동네가 입다물어요.
저예요, 저, 악어요,
아, 이제 알겠네, 이제—
민감한 풀숲이 어깨 움츠리고
이슬 한 방울 물풀 잎 끝에 핀다.

내 나이에 걸맞은 삶이 무엇인지 아직도 잘 모르겠다. 점잖게 흙바닥
까지 몸을 낮추고 끝날을 준비하는 것인지, 어디서든 죽기로 부지런히
뛰는 것인지. 해가 지면서 그림자들이 점점 커지고 분명해졌다. 낮에는
몰랐던 나무와 집과 권태가 검은색으로 나를 밀어내기 시작한다. 이것
이 무서움인가. 작은 호수 주위에 무더기로 피어 있는 난초과의 연한
보랏빛 꽃들을 흔들어본다. 진한 향기에 흰 물새 한 마리가 옆에 서서
웃는다.

원시의 동물을 모두 화석으로 만들고 공룡의 씨를 말린 긴 천재지변

에도, 용케 살아남은 큰 동물이 악어뿐이라는 것을 혹 아시는지. 물 밑의 그 땅 밑에서 두 눈 감고 귀까지 감고 살아남은 악어 몇 마리. 심장하나로 하늘과 땅이 전하는 말만 믿고 따른 무리. 흰 낮달을 올려다보며 살아낸 60 몇 년 악어의 유랑, 찢어져 피 흘리는 악어의 손과 발, 너무 참다가 넘쳐 흘러나와 약이 된다는 한밤의 악어의 눈물. 그 두 뺨 뜨거운 후회 밤마다 내 호수를 채운다.

2002년, 내 나이 만 예순세 살에 수십 년 천직이라고 여기며 감사하고 즐기며 봉사해온 의사직에서 은퇴를 하였다. 그리고 큰마음 먹고 1년을 둘로 나누어 서울과 미국에서 살겠다는 결심을 결행하기 시작하였다. 우리는 우선 겨울이 긴 오하이오를 떠나 상하常夏의 고장인 플로리다로 이사했고, 서울서는 봄과 가을에 두 달씩 살기로 했다. 옛 친구들을 시간의 큰 제약 없이 자주 만나고, 모교의 초빙교수가 되어 까마득한 후배 의대생들에게 '문학과 의학'을 강의하는 것은 내게 크나큰 기쁨이었다.

그러나 새로 이사한 플로리다의 분위기는 몇 해가 지나도 생소하기만 했다. 추운 겨울철이어야 할 12월, 1월, 2월에 온갖 아름다운 원색의 꽃이 만발하고 벌과 나비가 꽃 사이로 날고, 흰 물새들이 한가로이 푸른 하늘을 날고, 뒤뜰의 오렌지 나무에서는 향기로운 오렌지가 익어가고, 밤이면 청명한 달빛에 야자수가 그림자를 드리우는 이 모든 풍경이 나를 오히려 불안하게 만들었다. 그것이 집 근처의 호수마다 어슬렁거리는, 심지어는 작은 연못 근처에도 찢어진 타이어같이 버려진 악어들 때문인지도 모른다는 것을 몇 해가 지나고 나서야 느끼게 되었다.

나는 문득, 모두가 싫어하고 피하는 추악한 악어가 내 본성이 벗겨진 모습이 아닐까 하는 생각을 하게 되었다. 그러면서 천천히 그 못생긴 악어들에게 측은한 마음을 갖기 시작했다. 아마도 그런 의식의 뒷면에는 내 죄의식 같은 것, 특히 내가

직접 모시지 못해 늘 죄스럽게 생각하는 치매의 어머니에 대한 죄의식
이 중심에 있을 것이다. 그 후부터 나는 호숫가 주변에 늘어져 있는 악
어들을 더 관찰하고 싶어 자주 그들에게 다가갔다. 내게는 아무 관심도
보이지 않고 오히려 나를 피해 천천히 딴 곳으로 가거나 물속으로 미끄
러져 들어가버리는 그들이 가여워 보이기도 했다.

　그러나 악어들이 내 동정심을 필요로 할 정도로 가여운 존재가 아니
라는 것은, 가끔 보고 듣는 그들의 야수성이나 수만 년 동안 수없이 일
어난 지구의 극한 상황에서 살아남았다는 예민한 본성을 배우면서 알
게 되었다. 하지만 한밤중에 근처의 호수에서 우는 악어의 울음소리를
들으면, 악어의 눈물이 과연 우리가 알 듯이 표리부동한 배신의 표징인
지는 잘 분간이 되지 않았다. 그리고 혼자서 중얼거렸다. 그렇다, 내가
그 눈물의 의미를 잘 모르는 것은 내가 내 내심을 잘 모르기 때문일 것
이다. 나는 못생기고 남들이 싫어하는 악어다. 그러나 언젠가는 나도
남들에게 사랑받는 악어가 되고 싶다. 아니, 적어도 그렇게 되도록 최
선을 다해보리라.

압구정동

　이조 후기의 겸재 정선이 그린 진경산수화 〈압구정〉에는 강변의 작
은 돛단배 두 척에 어부가 한 사람씩 서 있다. 몇 점쯤 되었는지 안개비
가 마을 쪽에 자욱하다. 성긴 소나무 숲 사이로 작은 초가집 몇 채가 언
덕에 기댄 채 한가하게 한강을 내려다보고 있다. 압구정, 좀이 먹은 그
림의 강물 자리에는 살찐 물고기 떼가 몰리고 있는지, 구름이 천천히
자리 잡자 참새인지 제비인지 몇 마리 날던 새가 공중에 멈추어 선다.
오래 밀린 잠이 이제야 돌아오기 시작한다.

　내가 고국에서 밀려나던 1960년대 초에는 강남구도 압구정동도 없었
다. 내가 떠난 뒤 늙은 소나무 언덕을 싹쓸이로 깎은 자리에 고층 아파
트가 수없이 줄서고 높은 백화점이 일어서고 그 사이에는 상점과 식당
과 소음이 들어찬 모양이다. 땅 밑으로는 뱀들을 쫓아내고 전철 레일을
깔았다. 전철은 큰 소리로 건물 지하주차장의 밑과 사이를 누볐다. 밤
인지 낮인지 모를 찬란한 풍경은 과연 끝이 있을까. 간지럼 타는 압구
정의 충혈된 눈은 아무와도 초점이 맞지 않는다.

　귀국해서 친구랑 술을 섞어 마신 며칠 전, 3호선 전철을 타고 압구정
역에서 내렸는데 4번 출구였나 6번 출구였나, 층계를 이리저리 오르니

내 앞에서 집 잃은 뱀 한 마리가 나에게 정중히 길을 물었다. 고개를 드니 어둑한 곳에 초가집 몇 채 사립문 열고 나를 맞아준다. 침침한 방에서는 어느 아버지의 기침 소리가 들리고 어느 동생이 나 부르는 소리도 들은 것 같다. 나는 깜빡 잊고 흙길에서 두 무릎을 꿇었다. 압구정의 지상은 무릎이 아픈 것도 전혀 모르고 있었다.

은퇴 후 몇 달씩 고국 생활을 즐기기 시작하면서 내게 색다른 재미를 제공해준 사람 중 한 분은 의대 후배 교수로, 내게 '문학과 의학'이라는 교과목을 주선해준 손명세 교수였다. 몇 가지 일을 항상 겹치기로 하고 있어 늘 바쁜 손 교수는 점심시간이 그나마 틈새 여유를 즐길 수 있는 시간인지 자주 내게 들러서 점심식사는 장터국수로 간단히 하고 여분의 시간에 자기 차를 타고 미술관에 가지 않겠느냐고 청할 때가 많았다. 그러면 나도 이런 기회를 놓칠 수 없어 한 번도 거르지 않고 그를 따라나섰는데, 그렇게 알게 된 곳 중의 하나가 성북동 올라가는 곳에 있는 간송미술관이었다. 그래서 나는 지난 몇 해 그곳의 특별 전시회에 가보는 행운을 가졌다.

　　어느 가을날, 조선 후기의 화가 겸재 정선의 진경산수화 전시회가 있었는데, 한 시간여 동안 아래위층의 기막힌 그림들을 즐기기에는 시간이 너무 짧아 손에 땀이 날 지경이었다. 아래층에는 그의 걸작인 〈금강내산〉 등 화려한 사생의 진경화가 전시되어 있고, 2층에는 작은 사생화들이 아담하게 그려져 있는데, 그 당시까지 유행하던 관념 산수화가 아니고 모두가 진경들이어서 더 흥미로웠다.

　　더구나 자세히 보니 서울 근교, 한가하기 그지없는 한강 나루의 그림들이 많이 보였는데, '압구정'이니 '동작진'이니 '광진루' 같은 제목으로 그 당시의 풍경이 간단한 구도로 아름답게 그려져 있어서 사람의 마음을 사로잡았다. 입에 익은 동네 이름들이 바로 지금의 서울 한복판이란 것을 생각하니 말 그대로 격세지감이 느껴졌다. 특히나 〈압구정〉이라는 그림의 황량하고 조용한 모습이라니! 요즈음의 압구정이 부끄러워 몸을 숨길 정도로 250년 전의 압구정은 단정하고 우아한 두 개의 작은 목선을 지니고 있었다. 노 젓는 이가 한사람씩, 압구정 언덕에는 몇 그루의 소나무와 초가가 한 채, 그리고 하늘을 날아가는 새 몇 마리가 그림의 전부였다.

내가 고국을 자의 반 타의 반으로 떠나던 1960년대 중반에는 압구정이 어디에 있는지도 몰랐고 그런 지명조차 들어본 적이 없었다. 도대체 강남이라는 단어 자체가 없었다. 물론 그 당시에도 서울시에 속하는 한강 이남지역이 좀 있었지만 아마도 영등포구가 유일한 강남이었을 것이다.

그래서인지 나는 아직도 그 넓고 화려한 강남에 별로 정을 느끼지 못하고 있다. 우선 강남에 가면 나는 어디가 어딘지 방향 감각을 완전히 잃어버린다. 남북도 동서도 머릿속에서 정리되지 않는다. 은퇴 후 처음 몇 해는 모든 것의 중심이라는 친구의 말을 따라 강남에 숙소를 정하고 몇 달씩 지냈지만 몇 해 지나지 않아 강북으로 거처를 완전히 옮기고 말았다. 아무리 교통이 편해도 마음이 편하지 않았고 자신 있게 남에게 장소를 알리는 일이 그렇게도 힘들었기 때문이다. 완전히 어느 외국에 사는 것만 같았다. 그래서 고국에 확실히 살고 있으면서도 고국을 향한 향수조차 전혀 가벼워지지 않는 것 같았다.

외로움을 탈 때면 나는 자주 돌아가신 아버지나 죽은 동생이 생각난다. 그들이 어디엔가 있어 내가 존재하고, 그들이 생각나서 내가 존재하는 것처럼 느끼기도 한다. 그리고 언젠가는 그들을 만나리라는 희망

때문에 내가 존재한다고까지 믿으며 오늘을 살고 있다. 그리고 나는 그런 애끓는 사람들이 이 근처에도 어딘가에 또 살고 있으리라는 믿음으로 그들과 이 큰 슬픔을 함께 녹이고 싶다는 생각을 하며 시를 마쳤다.

캄보디아 저녁

천 년을 산 나비 한 마리가
내 손에 지친 몸을 앉힌다.
천 년 전 앙코르와트에서
내 손이 바로 꽃이었다는 것을
나비는 어떻게 알아보았을까.

그해에 내가 말없이 그대를 떠났듯
내 몸 안에 사는 방랑자 하나
손 놓고 깊은 노을 속으로 다시 떠난다.
뜨겁고 무성하고 가난한 나라에서
뒤뜰로만 돌아다니는 노란 나비.

흙으로 삭아가는 저 큰 돌까지
늙어 그늘진 내 과거였다니!
이제 무엇을 또 어쩌자고
노을은 날개를 접으면서
자꾸 내 잠을 깨우고 있는가.

몇 해 전 초여름, 베트남과 캄보디아에 갔었다. 14명이 동행한 이 여행에서 가장 인상적이었던 곳은 아무래도 캄보디아의 시엠 립 근방의 오지에 있던 앙코르와트 사원이었다. 듣던 대로 열대의 무성한 나무와 잡초에 둘러싸인 빈터에 난데없다고 말할 수밖에 없는 엄청난 규모의 석조사원이 서 있었다. 그 모습은 가히 세계 7대 불가사의 중의 하나라고 부를 수밖에 없도록 장대하고 거창하고 아름다웠다. 천 년도 더 전에 이 오지에 누가 그런 크기의 돌을 그렇게 많이, 어떻게 어디서 가져오고 어떻게 그 정밀한 설계를 완성해서 어떻게 그런 규모의 사원을 만들었던 것인지! 사방 5리 정도의 사원에 수백 톤의 돌기둥 2천여 개가 있고, 무엇보다 온 건물에 새겨진 조각은 그 하나하나의 정교한 모습만으로도 숨을 멈추게 할 정도였다. 그러나 세월의 힘 앞에서는 당해낼 것이 아무것도 없음을 증명이나 하듯, 무너진 유물들이 흩어져 있는 큰 돌에 앉아서 무심한 손으로 쓰다듬기만 해도 그 돌은 금방 흙가루가 되어 손에 묻어났다. 무방비 상태로 버려진 사원은 돌보는 이가 없어서 마모될 대로 마모되고 황폐해질 대로 황폐해진 모습이었다. 그저 간단히 자연의 한 현상이라고 접어버리기엔 안타까운 마음을 주체하기가 힘들었다. 문득, 폭염과 폭우를 장구한 세월동안 견뎌낸다는 것은 쉬운 일이 아니라고, 흙으로 부서져 내리는 유적지의 늙은 돌들이 어디선가 가쁜 숨을 몰아쉬며 우리에게 고백하고 있는 느낌을 받았다.

잠시 쉬는 시간, 더위에 지친 몸으로 그늘을 찾아 돌층계에 앉아있

는데, 문득 내 손등에 노란나비 한 마리가 능청스럽게 앉아 있는 게 아
닌가. 이 친구도 피곤한 모양인가. 떨어지라고 작게 손을 흔들었지만
나비는 제가 제일 좋아하는 꽃에라도 앉아 있는 줄 착각한 것인지, 꿈
쩍도 하지 않고 커다란 날개까지 내려버린다. 아냐, 아냐, 나는 꽃이 아
니라니까! 귓속말을 하는데도 나비는 여전히 편안히 잠들어버린 듯 전
혀 내 손을 떠나 움직일 생각을 하지 않는다. 그래? 그럼 내가 꽃이었
다는 거야? 어? 그 천 년 전 화려한 앙코르 왕조의 이 거창한 사원을 오
가며 풍경을 즐길 때, 그때도 이곳을 날았던 네가 바로 이 자리에 피었
던 꽃을 기억한다는 거지? 그 꽃의 냄새가 내 손 냄새와 같아서 여기에
앉는 것이니, 아니면 그 꽃의 모양이 같다는 거니, 아니면 그 꽃의 마음
이 같다는 거니? 그리고 보면 네 생각이 꼭 틀렸다고 할 수 없을지 몰
라. 나도 젊은 날 그 먼 나라에서 자신 있게 날개를 치며 세월을 잊고
살아왔으니까. 먼 거리도 생각하기 나름이고 천 년이라는 세월도 생각
나름일 수 있을 거야. 그래서 우리는 이렇게 다시 만난 것이구나. 그래,
시간이라는 것은 누가 만들었고, 거리라는 것은 또 누가 만들었기에,
우리 둘을 삽시간에 공연히 늙은이로 만들어버리는 것일까.

초라한 시엔 립 공항에서 넋 놓고 한국 드라마를 보던 그곳의 가난한
사람들도, '평양 랭면집'이라는 식당에서 일하고 노래하던 이북 여인들
의 판에 찍은 듯한 미소도, '킬링필드' 관광이라며 높은 플라스틱 통에
쌓여 있던 수많은 해골과 사람의 뼈들도 모두 기억에 남지만, 아마 캄
보디아 여행 중 영원히 잊히지 않을 기억을 하나 들라면 일행 중 한 사
람이었던 50대의 남자에 대한 기억이 될 것이다.

그 중년 남성은 처음 서울을 떠날 때부터 시큰둥한 표정이었지만 도

중에 베트남에서 단합대회라며 함께 회를 사먹을 때도, 냉면집에서 술 한잔 함께 하자고 할 때도, 한 번도 일행과 어울리지 않았다. 그러다가 서울로 돌아가기 전날 밤, 시엠 립 근처에 상황버섯을 파는 집을 방문 했을 때는 갑자기 눈에 불을 켜고 덤벙거렸다. 나는 그런 버섯에 대해 서는 전혀 들어본 적도 없고 피곤하기도 해서 설명회에도 안 들어갔는 데, 나중에 버섯을 사서 나오는 일행을 보니 많은 분이 한 무더기씩 들 고 있었다. 그중에서도 이 남자의 보퉁이는 유난히도 커 보였다. 나중 에 알고 보니 이분은 그중에서도 아주 오래된 비싼 종류의 상황버섯을 상당히 높은 가격으로 많이 샀다고 한다. 그런데 버섯보퉁이를 든 그이 의 표정이 어쩌면 그럴 수 있을까 싶게 싱글벙글로 변해 있었다. 나중 에 안 사실이지만 이 버섯은 암 종류의 치료에 좋다는 것인데, 이분의 부인이 암으로 고생하고 있다는 것이었다.

그렇게 여행을 끝내고 허술한 시엠 립 공항에서 서울행 비행기를 무 료하게 기다리고 있는데, 문제의 그분이 내게 다가와 잠시 이야기를 나눌 수 있겠느냐고 아주 공손한 표정으로 정중히 묻는다. 박사님, 듣 자니 박사님은 미국 의사시라는데 어째서 상황버섯을 안 사셨습니까? 보지도 않으셨다던데요. 암 치료에 좋다는 상황버섯을 믿지 않으십니 까? 혹 효과가 없는 것인가요? 갑작스러운 질문에 당황할 수밖에 없었 지만 나는 잠시 정신을 가다듬고 그분의 진지한 질문에 대답을 해줄 수밖에 없었다. 아, 네, 상황버섯 이야기는 미국서도 많이 들었습니다. 내 친구의 부인도 그것을 먹고 좋아졌다는 말을 들은 적이 있습니다. 내가 사지 않은 이유는 다행히 집안에 환자가 없고 미국에 사는 관계 로 짐을 들고 가기 힘들어서 그랬습니다. 남자는 내 말에 조용히 고개를 끄덕였다.

캄보디아 생각만 하면 나는 그 남자 분이 생각난다. 모쪼록 정성들여 사가지고 간 그 상황버섯으로 그의 부인이 잘 치료되었기를 바라는 마음이 크다. 아직도 나는 뽕나무에서만 난다는 상황버섯의 효과를 잘 모르지만, 그 물건을 사들고 세상을 다 가진 듯 무척이나 행복한 표정으로 싱글거리던 그분의 아내 사랑이 자주 내 마음을 뭉클하게 한다.

포르투갈 일기

돌아서 오느라 좀 늦었을 뿐인데
도시는 벌써 바다를 지나쳐버리고
나는 지브롤터를 거쳐 도착했다.
나보고 지금 외롭냐고 물었냐?

항구에는 비가 헤매고, 가로등 하나 없는
자갈 포장길을 줄줄이 내려 가서
어두운 지하 식당에서 저녁을 받았지만
생선 요리에 허기진 밥까지 놓고도
습기 찬 파두의 음악에 목이 메었다.

망토를 두른 늙은 가수는 뒤돌아서서
노래를 하는 건지 한숨으로 우는 건지
아니면 밤비가 노래를 적시는 것인지
돌보다 무거운 비에 내 몸이 아파왔다.
나보고 지금 외롭냐고 물었냐?

물론이다. 나도 한때는
주위의 인간을 뛰어넘으려고
장대를 길게 잡고 높이 뛰었다.
부끄럽지만 그때 눈을 빛내며
내가 내려다본 것은 무엇이었을까.

이제 아무것도 보이지 않는다.
시간이 좀 늦었을 뿐인데, 돌아온
항구에는 드문드문 긴 밤이 서 있고
졸음 가득 찬 자갈 포장길이 중얼거리며
노숙에 지친 나를 앞서 가고 있다.

스페인의 동부를 여행하고, 거인 헤라클레스가 아프리카와 유럽을 떼어놓고 낮잠이 들었다는 전설로 유명한 큰 바윗돌 같은 지브롤터 항구를 거쳐, 포르투갈로 들어왔다. 그리고 차를 타고 현지인들이 리즈보아라고 부르는 수도 리스본에 들어섰다. 생각보다 작은 리즈보아는 아담하고 아름다운 도시였다. 마르코 폴로와 콜럼버스의 나라. 아니, 그보다는 가수 로드리게스Amalia Rodrigues와 파두Fado의 나라. 내게 하나만 더 말할 수 있게 해준다면, 파티마 성지의 나라인 포르투갈. 수도인 리즈보아를 거닐면 대서양의 바다 비린내가 물씬거리고 밤이면 부둣가를 중심으로 어부들이 여기저기에서 서성거린다. 전기를 아끼려는 것인지 나라가 가난해서인지 대부분의 돌 포장길은 어둠에 가려 잘 보이지도 않는다. 그래도 정이 가는 것을 찾다보면, 이 나라의 술인 폴토의 냄새에 섞여서 창가로 흘러내리는 파두의 애절한 노랫소리가 들린다. 아, 이 절절한 파두의 노랫소리에 눈물을 흘리는 사람은 과연 나뿐일까. 애끓는 슬픔의 입김을 쏟아내는 아말리아 로드리게스의 노래를 나는 특별히 좋아한다. 어디서 많이 들어본 듯한 느낌을 주는 노래의 분위기는 나에게 귀에 익은 뽕짝가락에 남도의 창 소리를 유럽풍으로 맛깔스럽게 섞어놓은 소리로 들린다.

무거워 보이는 긴 옷에 망토 같은 것을 걸친 늙은 여가수가 기타 연주자를 대동하고 우는 듯한 목소리로 노래를 부르는데, 무슨 소리인지도 모르는 그 노래가 어찌도 마음을 흔드는지. 나는 저녁을 먹던 것도 다 잊고 노래에 빠져들었다. 그러다가 깨어나니 파두의 순서는 끝나고 사람들은 하나씩 자리를 털고 일어나기 시작했다. 나도 이리저리 기웃거리다가 할 수 없이 지하 식당을 나서는데 가로등도 없는 밤의 길거리에는 갑자기 생각난 듯 부슬비가 내리고 있었다. 어두운 길을 꾸불꾸불 천천히 걸었다. 걷다가 어수룩해 보이는 목로주점 같은 작은 술집이 보여 무턱대고 들어섰다. 손님도 거의 없는 작은 주점의 허름한 의자에 앉아 폴토 한 잔과 이 나라 사람들이 좋아한다는 꼬챙이에 꽂은 오징어구이를 안주로 시켰다. 그리고 다시 한 잔 더. 누가 부르는지 파두의 노래는 질 나쁜 스피커를 통해 계속되었고, 비는 그치지 않고, 나는 다시 그 슬픈 파두의 노래 속에 빨려들기 시작했다. 옆 테이블에 앉아 있는 젊은 남자 손님이 동석한 여자에게 저 노래 가사는 사랑에 빠지면 사람이 조금씩 죽을 수밖에 없다는 뜻이라고 속삭인다. 지금 저 친구가 뭐라고 그랬지? 사랑이 사람을 죽인다고? 밤이 너무 늦어지는 것 같아 오지 않는 택시를 포기하고, 그리 멀지 않은 거리에 있는 호텔을 향해 걷기 시작했다. 야금야금 마신 폴토에 취한 것인지 어두운 거리를 걷는 것이 무척이나 시원한 느낌이다. 사랑한다는 것은 조금씩 죽는 것이라고 그랬지? 그래, 사랑하지 말자. 사랑은 사람을 죽인다. 다음 날 아침이 되어서야 나는 지난밤의 비에 옷도 상당히 젖고 구두도 엉망이 되었던 것을 알 수 있었다.

리즈보아의 며칠은 달콤하고 향긋해서 자꾸만 마시게 되고 취하게 되던 폴토에 젖은 밤들이었다. 누가 웃을지 몰라도 나는 리즈보아를 생각할 때면 가로등도 없는 밤거리에 가늘게 계속 내리던 비만 생각나서 밤과 비의 도시라는 인상만 강하게 남아 있다. 며칠 후 북쪽으로 여행을 계속해 파티마에 도착했는데, 그곳은 유난히도 맑고 밝고 희기만 했다. 아마도 리즈보아의 어두운 거리와 비교가 되어 그랬던 것인지, 그 밝고 맑은 인상은 내가 더 북상하기 위해 대서양 연안을 드라이브하면서 받았던 인상과도 정확히 같은 것이었다.

그 여행은 혼란스럽고 아프던 내 마음을 많이 회복시켜주었다. 그리고 그해에 어느 책에선가 읽었던 글이 아직까지 가끔 생각나기도 한다. 외롭다는 것은 사람을 아쉬워한다는 것이고 고독하다는 것은 사람을 아쉬워하기보다 홀로 있기를 원한다는 것이다……. 글쎄, 그때 나는 홀로 있고 싶었던 것일까, 아니면 그렇게도 아프게 사람을 아쉬워한 것이었을까?

마종기 시인 시력 50주년을 기념하며

다시 지하조직에 대하여 _이희중

'안 보이는 사랑의 나라'를 노래하는 '쉽고 좋은 시'_정끝별

간절하고 겸손하고 다정하고 순결한, _권혁웅

그는 별이다 _이병률

다시 지하조직에 대하여

　대학 2학년 때 처음 마종기 시인의 시를 읽었다. 그 무렵 준동하던 군비軍匪를 피해 내가 사는 마을로 숨어들었던 고향 선배가 그분을 거명했기 때문이다. 그 선배는 내가 처음 만난, 마종기의 시를 사랑하는 지하조직의 성원이었던 듯하다. 그 선배가 아니었다면 나는 지금 조금 다른 삶을 살고 있을 것이다. 그런 결절, 또는 새로운 선택의 갈래를 여는 시간의 마디가 평생에 어디 한둘뿐이겠는가만.

　다음날 도서관에서 《안 보이는 사랑의 나라》를 빌려 단숨에 다 읽었다. 그리고 나는 겸손해졌다. 국문과를 다니면서, 창작동아리에 나가면서 기성의 시와 시인들을 냉소하며 한껏 건방져 있던 나는 시집 한 권을 읽고 철이 들었다. 책장을 접어 기억할 만한 작품을 한 편도 찾을 수 없는 시집의 존재를 어떻게 인정해야 할지, 달리 말하면 이름난 시집에서 책장을 접어 기억할 만한 작품을 한 편도 찾아내지 못하던 자신을 어떻게 놔둘 것인지 혼란스럽던 나는 이 곤경을 영원히 해결했다. 《안 보이는 사랑의 나라》의 모든 책장 귀퉁이를 접어야만 했으니까. 고수가 세상에 정말 있으며, 내가 그를 알아볼 수 있음을 알게 되었다. 절대 고수의 검술을 목도한 시골 칼잡이처럼 나는 말수가 줄었다.

　이후 나는 오랜 시간 동안 시인의 이름을 될 수 있는 대로 발설하지 않으면서 혼자 그의 시를 읽고 흥분하고 위로 받는 지하조직의 성원이 되었고 적지 않은 성원을 만났다. 요즘 젊은 독자들은 그 시절 마종기의 시를 좋아하는 독자들이 '지하조직'을 이룰 수밖에 없었던 이유를 이해할 수 있을까. 섬세하고 다정한 서정을 부끄러워해야 할 무엇으로 만들어버리기도 하던, 그래서 남들 앞에서 드러내지 않으려 하게 만든 거친 서사의 시대와 그 시대를 살던 비루함에 대해 그들 앞에서 얼마나 오래 설명해야 할지 모르겠다.

나는 한때 열심히 문학평론을 쓴 적이 있다. 마종기의 시를 텍스트로 삼은 평론도 쓴 적이 있다. 그런데도 지금 나는 그 시의 특징을 단호하게 말하기가 어렵다. 그래서 짐작하는 말투를 빌어서 말한다. 그의 시는 수식과 분식의 흔적이 거의 없어 읽을 때 화장 안한 맨 얼굴을 만나고 있는 느낌을 준다. 또 말에 얹힌 생각이 또는 말을 떠받치는 생각이 그 말을 고른 사람의 삶과 굳게 결탁되어 있어 '거짓 아님'의 느낌을 환기한다. 말하고 보니 이런 특징은, 사람들이 쓰기 좋아하는 '진정성'이라는 말과 속뜻에서 같다. 말과 삶과 진정성이 어울린 어느 평화롭고 따뜻한 지점에 마종기의 시는 있다.

나는 그 지점의 실재와 소재를 증언하고 안내하는 자리에 이제 흔쾌히, 공개적으로 선다.

이희중(시인)

'안 보이는 사랑의 나라'를
노래하는 '쉽고 좋은 시'

"내려와! 내려와! 공짜로 해줄게!"

얄궂기도 하지요. 선생님을 생각할 때마다 그 기억의 첫 장에 적혀 있는, 선생님의 시 〈제3강의실〉 한 구절입니다. 〈해부학 교실〉 연작시들과 함께 의과대학시절에 쓰셨던 시였겠지요. 그 시들을 처음 읽던 그 때 저는 신촌 일대를 오가던 문청이었습니다. 스무 살의 연한 배를 방바닥에 붙인 채 선생님의 시를 옮겨 적으며 선생님의 연세대 의대 시절을 상상했겠지요. 25년 전 선생님 또한 신촌 일대를 오가셨겠다는 모종의 연대감 때문이었을까요? '내려와!'를 손짓하던 그 아가씨들의 골목이 어디쯤일까를 더듬기도 했던 것 같습니다. 물리학도와 연애하는 게 꿈이었던 그때의 저에게 의대생 시인은 '꿈에 꿈'이기도 했을 겁니다. 여대라는 현실의 울타리 안에서, 서클룸 혹은 강의실 창문 아래에서 '내려와 아가씨'를 흉내내며 우리는 서로를 불러내 온갖 시詩/視/時/是들을 앓곤 했습니다. "내려와! 내려와! 공짜야!" 손짓하던, 위무도 당당한 위악과 위트를 가장하던 시절이었습니다.

"아빠는 그럼 사랑을 기억하려고 시를 쓴 거야?/ 어두워서 불을 켜려고 썼지./ 시가 불이야?/ 나한테는 등불이었으니까./ 아빠는 그래도 어두웠잖아?/ 등불이 자꾸 꺼졌지./ 아빠가 사랑하는 나라가 보여?/ 등불이 있으니까./ 그래도 멀어서 안 보이는데?/ 등불이 있으니까."

〈안 보이는 사랑의 나라〉의 한 구절입니다. 타는 목마름, 솔가, 십오 야, 남촌 등속의 1980년대 신촌 일대의 술집에서 저의 18번 '갈 수 없는 나라'를 부를 때마다 떠올리던 시입니다. 아니 〈안 보이는 사랑의 나라〉가 떠오르면 '갈 수 없는 나라'를 부르곤 했습니다. 꼭 읽다가 울게 만들던 시, 부르다가 울게 만들던 노래였습니다. 그때 우리는 갈 수 없는 나라를 가고 싶어 했습니다. 갈 수 없는 나라를 향해 도서관에서 공장에서 전단지를 뿌리며 제몸에 불을 붙이던 선배들, 감옥으로 군대로 타국으로 고향으로 간 이웃들이 있었습니다. "내 헤매어 찾던 나라/ 맑은 햇빛과 나무와 풀과 꽃들이 있는 나라/ 그리고 사랑과 평화가 있는 나라…"를 부르며, "아빠, 갔다가 꼭 돌아와요. 아빠가 찾던 것은 아마 없을지도 몰라. 그렇지만 꼭 찾아보세요…"를 되뇌곤 했습니다. 그리고 선생님은 '안 보이는 사랑의 나라', 그 갈 수 없는 나라에 안 보이는 사랑을 찾아 멀리 떠난 시인으로 제 마음에 자리하게 되었습니다.

"형, 나도 잘 알아듣게, 쉽고 좋은 시 많이 써."

1990년대 후반 외국에서 변을 당한 동생을 기억하며 쓰셨던 〈동생을 위한 조시弔詩〉의 한 구절입니다. 그즈음이면 저도 어영부영 시인이 되어 전전긍긍하던 시기였을 겁니다. 그때 만났던 이 한 구절은 얼마나 환한 시의 지도와 같았는지요! 물빛과 하늘빛을 여백으로 거느리고 있는 시, 갈대처럼 바람을 타고 있는 시, 따뜻하면서도 맑고 쓸쓸하면서도 담백한 삶이 살아있는 시, 쉬우면서도 단단하고 단순하면서도 순한 희망을 놓지 않는 시, 시를 이루는 모든 것들이 서로를 울력하듯 어깨를 맞추고 있는 시…… 저에게는 늘 부족한, 저로서는 좀체 이르기 힘든, 그런 시의 경지를 선생님의 시편들에서 엿보았던 때이기도 했었지요. 그리고 지금껏, 스스로를 정련精鍊하지 않고서는, 아니 이 삶을 견인堅忍하지 않고서는 얻기 어려운 시의 경지라는 걸 선생님의 삶과 시를 보며 새롭게 깨닫고 있는 즈음입니다. 늘 가슴에 새기면서 정진하겠습니다.

정끝별(시인)

간절하고 겸손하고
다정하고 순결한,

처음 마종기 시인의 시를 접한 게 고등학생 때였습니다. 누나의 장서 가운데 《안 보이는 사랑의 나라》가 있었거든요. 그 후 오랫동안 그분의 시를 사숙해왔습니다. 그분의 시는 제게 시의 이념이자 현현이었습니다. 마종기 시인의 시가 제가 쓰고 싶었던 시의 원형이자 실례實例였다는 뜻입니다. 제가 보기에 그분의 시에는 다음과 같은 덕목이 있습니다.

1. 간절함: 어느 시들이건, 마종기 시인의 시는 참 절실합니다. 떠나온 나라, 떠나온 집, 떠나온 가족과 벗에 대한 그리움이 시편마다 촘촘합니다. 그분의 시는 돌아가고자 하는 마음과 돌아갈 수 없는 현실 사이에서 적힙니다. 그 '사이'를 유지하는 것은 참 고된 일입니다. 잘못하면 감상에 빠지고 잘못하면 소홀에 빠질 테니까요. 그러고 보면 그분은 참 강인한 분이기도 합니다.

2. 겸손함: 세상에, 일흔이 넘으신 분이 "내 나이에 걸맞은 삶이 무엇인지 아직도 모르겠다."(〈악어〉)고 얘기합니다. 그분은 우리에게 인생의 지혜나 깨달음을 가르쳐줄 생각이 없는 모양입니다. 대신에 그분은 상처를 말합니다. "나이 탓이겠지만 요즈음에는/상처가 잘 아물지 않는다."(〈상처 5〉, 처음 부분) 그다음에 슬쩍 그 너머의 것도 말해줍니

다. "그래도 피나지 않는 마지막 것을/언제나 두 손에 들고 사는 너." (〈상처 5〉, 마지막 부분) 그 너머의 것은 '사랑'이거나, 사랑의 대상인 '당신'입니다. 그렇군요. 사랑하는 이에게 필요한 것은 고백이지 가르침이 아니군요.

3. 다정함: 마종기 시인이 의사인 건 다들 아시지요? 서양의학은 제게 좀 징그러운 이미지로 남아 있습니다. 아픈 사람을 찢고 자르고 꿰매어 돌려보내는 방식 말입니다. 그런데 그분은 시체마저도 가슴 설레는 소녀로 대합니다. "꼬옥 눈 감고 웃고 있는/흰꽃으로 가슴 싼 저애 좀 봐라."(〈해부학 교실 2〉) 그리움 앞에서는 사물도 죽은 사람도 다 유정물有情物입니다. 마종기 시의 어조가 다정한 구어체인 것도 같은 까닭이겠지요.

4. 순결함: 이 짧은 글도 손톱 깎고 손 씻고 나서 씁니다. 왠지 그분의 시 앞에서는 그렇게 됩니다. 마종기 시인의 시를 읽고 나면 마음속에서 가만히 "이슬의 눈"(〈이슬의 눈〉)이 떠집니다. 그 눈 덕택에 어떤 때에는 마음의 결이 보이고 어떤 때에는 사물의 결이 보였습니다. 그 힘으로 저도 간신히 몇 편의 시를 쓰며 지금까지 왔습니다. 참 감사한 일입니다.

권혁웅(시인)

그는 별이다

마종기 시인을 떠올릴 때 먼저 떠오르는 장면 하나는 바로 청량리역의 역사다. 1990년대 초반, 어디로 갈 것도 아니면서 역에 앉아 떠나는 사람과 돌아오는 사람들의 풍경을 지켜보는 것만으로도 마음이 괜찮아졌던 그 무렵의 나는 그곳에서 새로 발간된 마종기 시인의 시집《그 나라 하늘빛》을 벅차게 읽어 내려간다.

나는 그 시집으로부터 홍역을 앓는 사람처럼 마종기 시인을 그리워하기 시작한다. '문학과지성사'에 전화를 걸어 마종기 시인의 주소를 받아 적고, 수첩이 바뀔 때마다 새로 주소를 옮겨 적으며 언젠가 한번은 엽서를 쓸 수 있으리라, 그렇게 마음먹었던 날들. 하지만 그 그리움조차도 훼손될까 엽서 쓰는 일을 하지는 못했다.

그(가 안내한) 길은 얼마나 먼 길인가. 그리고 돌아오기에 그 길은 또 얼마나 아득한 길인가. 거리를 가늠할 수 없는 길이 아니라, 몸이 아닌 시로 오는 길이어서 사막인, 사막 그 너머의 그를 짐작하고 보듬고 그리고 아끼는 일. 그것이 내 청춘의 임무였다.

나도 시인처럼 뜨거운 언어의 온도를 갖기 위해, 그 언어의 삶을 살기 위해 아예 '먼 나라의 하늘빛' 아래에 살기로 한 적이 있었다. 그 먼 나라에서 읽는 마종기 시인의 시는 그리움이 아니라 어느덧 살이 되었으며, 더 붙들고 믿어야 할 신심이었으며, 적어도 내게는 형제였다.

시인이 노래하는 조국은 바람이 분다. 시인이 울고 있는 바닥에서는 물기가 오른다. 사람과 사람 사이를 순결한 마음들로 이어주고 있어서, 인간 아닌 존재들의 깊숙한 눈들마저 푹푹 적시고 있어서 그의 시 앞에서 모두는 잘못한 일을 많이 행한 시인들인 것만 같다.

지금으로부터 50년 전, 그는 시인이 되었고 그 시간으로부터 그는 시를 살면서 시간을, 서정을, 그리고 그리움을 살았다. 그리고 당신 스스로 그것들의 모두인 '언어'가 되어 우리를 만난다.

그는 별이다. 비유가 아니다. 그 별의 중심에 심을 박아 물을 끌어올리고, 땅을 일구고 집을 지어 추운 영혼들을 이주시키는 그는 어느 먼 별의, 우리들의 가장이다.

이병률(시인)